# 新春集
## *Neuer Frühling*

海涅〔Heinrich Heine〕 著

梁景峯 譯注

# 目　次

# 序論

# 海涅：詩的新春

## 一、引言：海涅在德國

在德語文學史裡，可能沒有一個作家像海涅（Heinrich Heine 1797-1856）那樣受爭議。在他生存的時代以及他去世後一百年之久，德語世界對他個人及作品的評價有極端的差異；或者極推崇，或者極排斥。相對的，他在世界其他國家可能比較被接受。這種兩極評價的文字足以匯集成冊，成為的「文學接納」的研究題材[1]。第二次世界大戰後，二十世紀下半葉，德語世界對海涅才有比較全面性，比較就事論事的對待。

1949 年底起，兩個德國的「文化遺產的維護」多少促進了海涅的「平反」或「復興」。西德杜塞多夫的海涅研究所（Heinrich Heine-Institut）和海涅協會（Heinrich Heine-Gesellschaft），東德威瑪的「國立古典德語文學研

---

1 Heine in Deutschland. Dokumente seiner Rezeption 1834-1956. Hrsg. von K. T. Kleinknecht. Dtv München / Niemeyer Tübingen. 1976.

究及紀念館」（Nationale Forschungs - und Gedenkstätten der klassischen deutschen Literatur）可說是也對海涅有正面意義的競爭工作。杜塞多夫的《歷史評註性全集版本》（Historisch-kritische Gesamtausgabe der Werke）及威瑪的《百週年紀念全集版本》（Säkularausgabe der Werke）是大工程的成就。兩德另有其他幾家出版社有類似的「全集」出版。依這些各有不同的版本，海涅研究可以較廣泛展開。各大學文學院的課程，海涅協會自 1962 年起的《海涅年刊》（Heinrich Heine-Jahrbuch）及其中列出的出版書目，顯示海涅這個德語作家的「返鄉」[2]。1972 年分別在杜塞多夫和威瑪有海涅研究國際會議，之後三十年間在世界各國有不下十個海涅研究會議舉行。這也展現了海涅的國際重要性及作用力。1989 年，杜塞多夫大學在經過二十年的爭論之後，正式以海涅來命名。這也是對他的重要性的正面肯定，或抗拒之後，勉為其難，不得不而為的肯定。

1960 年代以來，在海涅研究領域，除了「作品內在」的研究外，許多過去未明的，被忽視的議題如「海涅在浪

---

2 海涅下半生在法國度過，也葬於巴黎。「返鄉」一詞是借用海涅《詩歌集》（Buch der Lieder, 1827）中的第三系列標題 Die Heimkehr（返鄉）。

漫派和較後期文學的雙重角色」、「時代意向的文學創作」、「海涅與政治作家」等不只是博物館考古式的議題而已，而是有持續性的當代意義。因為未來的作家、藝術家也會面對此類議題。他作品的各種選集，聲音藝術家的朗誦和歌曲唱片，造形藝術家的畫作和雕塑，這些海涅文化活動和商品數量也形成一定的市場規模。根據《告白・海涅在當今作家的意識》[3] 一書中，有九十二位當今的德語作家發言，顯示海涅是當今文學的「關鍵人物」。

## 二、海涅文學生涯及作品

如果一個作家受肯定，當然是因作品被肯定；但如果同時也受排斥和否定的話，除了是文學作品本身的評價問題外，可能也因作者本人受某些人藝術之外的觀念所排斥和否定。

海涅 1797 年 12 月 13 日出生於德國萊茵河畔的杜塞多夫市柏克街 53 號（Bolkerstraße）。他父母親是猶太人，經營布匹生意。在海涅有生之年，他的生存、文化發展以及外界對他的評價都相當程度和他的猶太出身有關。猶太人

---

3 Geständnisse. Heine in Bewußtsein heutiger Autoren. Hrsg. von W. Gössmann. Düsseldorf 1972.

海涅出生地杜塞多夫市 Bolkerstraße 53 號，目前是市政府支持的「海涅協會」文化中心。

海涅研究所（Heinrich-Heine-Institut）位於杜塞多夫市
Bilkerstrastraße 14 號，是國際性的圖書館及研究中心。

族群在歐洲各國不免處於認同當地或保持猶太傳統的兩難；另一方面各地貴族，國家機構和中產階層並不太願接納幾百年固定住宅區的猶太族群融入當地社會。海涅自認為是德語作家，德國作家，稱德國為祖國，而且成年後也改皈依基督新教，但他仍不免因是猶太人出身，而受或顯或隱的排斥，深為之痛苦。海涅在大學學業完成後，因求職不易，難以在德國發展文化生涯，而於 1831 年 5 月移居法國巴黎，在那渡過後半生。他被認為是法國的友人，這在十九世紀、二十世紀上半葉，民族主義高漲的德國是無法被接納的；連藝術上，他的作品在那時代也難得到較客觀的正面評價。

海涅從 1817 年開始發表作品，一直到 1856 年 2 月 17 日去世於巴黎，他持續創作，包括死前幾年病榻中也如此。他的作品有詩作、散文及一部詩劇。詩作和散文體作品的數量和重要性相當，但一般較熟悉他的詩作，海涅本人也自稱是詩人。他的部份詩作廣為人知，甚至詩作被譜曲的次數據稱超過三千次，包括舒伯特、舒曼等古典音樂家以及二十世紀六〇年代起的流行作曲家。他被譜曲的次數大致和哥德相當，也可見他的部分詩作受藝術肯定的程度。

海涅在 1815 年中學畢業，於次年在漢堡的伯父沙洛蒙

海涅的銀行當學徒，並設立他父親的布匹分店。在漢堡，他對堂妹 Amalie 產生愛慕之情，但不可能有發展。從此他熱衷寫詩，對商業工作不力，並從 1817 年開始發表詩作。1819 年在伯父資助之下，開始上大學學法律，先後在波昂、哥廷根、柏林大學就讀，最後在哥廷根大學完成博士學位（1825）。除了法學課程，海涅對文學課程極有興趣，和史雷格（August Wilhelm von Schlegel（1767-1845），恩色（Varnhagen von Ense 1785-1858），黑格爾（Friedrich Hegel 1770-1831），夏米梭（Adalbert von Chamisso 1781-1838），格拉博（Christian Dietrich Grabbe 1801-1836），洪博（Alexander von Humboldt 1769-1859）等學者及作家的文化要角有所交往。這類接觸以及在各地的徒步漫遊擴展了他的視野，也加強了寫作能量。這段期間，他完成並發表相當數量的詩作和遊記。1826 年，他結識了漢堡的出版商坎培（Julius Campe 1792-1867），得到著作結集出版的機會。同年就在其 Hoffmann und Campe 出版社出版了《旅遊形象集》（Reisebilder）第一部，在三〇年代陸續出版第二部和第三部。1827 年大詩集《詩歌集》（Buch der Lieder）出版，奠定了他的詩人地位。他被傳頌、被譜曲的詩作大多出自這「浪漫時期」的作品。

　　1828 年，他曾受推薦擔任慕尼黑大學教職，1830 年向漢堡市政府自薦法律公職，但均無結果。1830 年 8 月，他在北海黑格蘭島（Helgoland）旅遊時，獲知法國七月革命的消息，大受振奮，加上接觸了法國早期社會主義「聖西蒙派」[4] 的文獻，他有意到法國巴黎去發展他的文化生涯。

　　1831 年 5 月，海涅到達巴黎。在巴黎，他和諸多文人和藝術家交往，如巴爾扎克（Honore de Balzac 1799-1850），雨果（Victor Hugo 1802-1885），大仲馬（Alexandre Dumas 1802-1870），喬治桑（George Sand 1804-1876），白遼士（Hector Berlioz 1803-1869），蕭邦（Frederic Chopin 1810-1849），孟德爾遜（Felix Mendelssohn-Bartholdy 1809-1847）等人。以其在德國時曾短期任出版商柯塔（Johann Cotta 1764-1832）的《新大眾政治年刊》（Neue Allgemeine Politische Annalen）編輯經驗，得以在巴黎任該出版商的《奧格斯堡大眾報》（Ausburger Allgemeine Zeitung）的通訊員。他撰寫有關法國現狀、法國藝術的報導。這些報導後來集結成書出版，分別是《法國現狀》（Französische Zustände, 1833）和《法國畫家》

---

4　「聖西蒙派」指聖西蒙（Henri de Saint-Simon 1760-1825）的傳人形成的早期社會主義學派。

（Französische Maler, 1833）。同時他也以法文在法國媒體撰寫有關德國文學、德國宗教和哲學的文章。集結成書的德文書名分別是《德國新近文學史》（Zur Geschichte der neueren schönen Literatur, 1833）、《德國宗教和哲學的歷史》（Zur Geschichte der Religion und Philosophie in Deutschland, 1834），《論浪漫派》（Die Romantische Schule, 1835）。這些有關德國的著作另外有法文版在法國出版。此外，還有散文集《沙龍》（Salon, 1840）出版。可以說，在法國的前十年是散文體論述文章的時代，而且是德法兩種語文雙管發揮。他也成為道地的新聞媒體的作家，靠寫作為生的職業作家。這在十九世紀上半葉德語文人中是少見的例子。這十年，他過著較自由的大都會生活，包括兩性關係也是。這些經歷成為他 1840 年前後寫作《群芳譜》（Verschiedene）詩作系列的素材。連婚姻關係上，他也和哥德的方式相近：同居多年後才正式結婚。

1843 年 8 月底，海涅回德國漢堡探親，12 月中回到巴黎。1844 年，他將來回沿途停留的經歷寫成敘事詩《德國‧一個冬天的童話》（Deutschland. Ein Wintermärchen），於 1844 年 9 月底出版，同時另一部大詩集《新詩集》（Neue Gedichte）也出版。這兩部作品在同年 11 月都再版。但《德

國‧一個冬天的童話》嘲弄性地呈現德國的相對落後和王
權統治，《新詩集》中《群芳譜》的肉體取向和《時代詩》
系列的高度政治嘲諷，使得這兩部作品在德意志諸多小王
國被查禁[5]。

　　1847 年 1 月，海涅又出版一部敘事詩集《阿塔特羅‧
一個夏夜之夢》（Atta Troll. Ein Sommernachtstraum）。此
部作品屬於童話式、寓言式的敘事詩，但風格延續《德國‧
一個冬天的童話》的諷弄風格。1848 年中起，海涅因身軀
痲痺的病痛而開始臥病在床。但在他自稱的「床墊墓穴」
（Matratzengruft）中，海涅仍保持創作力和論戰意志，並
在 1851 年完成故事詩集《羅曼采羅》（Romanzero）及舞
蹈詩劇《浮士德博士》（Doktor Faustus）。接著在 1854 年
連續出版三部《雜文集》（Vermischte Schriften）。1856 年
2 月 17 日，海涅去世，20 日葬於巴黎蒙馬特墓園。送葬的
友人有大仲馬、戈蒂耶（Theophile Gautier 1811-1872）等
人。

---

5 早在 1835 年，以普魯士為首的部分王國的聯合會議就有決議，查禁「少
　年德國派」（Junges Deutschland）作家的作品，海涅也列名其中。

### 三、新春集

《新春集》（Neuer Frühling）是海涅第二部大詩集《新詩集》（Neue Gedichte 1844）的第一系列。《新詩集》出版於 1844 年。之前，《新春集》四十五首詩作已分別發表於《友伴‧精神與心靈文刊》（Gesellschafter oder Blätter für Geist und Herz, 1822），《1829 年女士口袋書》（Taschenbuch für Damen auf das Jahr 1829），《學養階層晨刊》（Morgenblatt für gebildete Stände, 1831），及收錄在其作品《海涅‧旅遊形象第二部》（Reisebilder II , 1831）。詩作寫作時間主要是在 1828 年、1830 年底、1831 年初。於 1830 年底寫作的詩主要是計劃為友人作曲家 Albert Methfessel（1785-1869）譜曲而寫作。但詩作完成，譜曲計劃並未達成。

在《新詩集》的各系列中，《新春集》是比較為十九世紀德語文評界和一般讀者所歡迎，因它被視為是第一部大詩集《詩歌集》的延續（DHA 2,319；Kortländer 927）。而第二系列《群芳譜》（Verschiedene）因艷情或「輕佻」，《時代詩》系列因尖銳的政治性，文評界和一般讀者較持保留態度或排斥。但二十世紀六〇年代末以來，德語文評

1829 年的海涅素描畫，畫家不詳。

1831 年 5 月 1 日海涅赴巴黎途中在馬茵茲市（Mainz）的畫
像，畫家是 Moritz Oppenheim。

界、學界和出版界隨著新的開放氣氛，較熱衷海涅表達社會理念和政治批判的作品。相對的，《新春集》在藝術上雖與《詩歌集》一樣受肯定，《新春集》的題材溶合自然界和愛情的欣喜苦惱的領域，似乎只是延續舊風格，或只是舊風格和《尋芳譜》、《時代詩》較現代的新風格之間的過渡或銜接。海涅自己在 1837 年《詩歌集》第二版前，也在給出版商 Campe 的信中有意將《新春集》的詩作納入其中。

海涅本人雖然不常談到《新春集》，謙稱對它無甚奢求（anspruchslos, DHA 2,323），但顯然還是很重視這些詩作的。他 1830 年 11 月 30 日給恩色（Varnhagen von Ense）的信中提到：「一切（不順）會過去，一個新春將來臨，為了不受干擾，完全地享受它，我現在就創作春之詩歌，在這糟糕的時間已作了三十多首。」（DD Heine I, 142）海涅求職不成，難以發展，另一方面也自覺作品版稅收益受出版商擺弄，顯然只有創作新春的詩歌，才能帶來個人生命的新春以及文學生命的新春。的確，在海涅看來，《新春集》的作品不是舊風格的延續，不只是過渡階段而已。他在 1831 年《旅遊形象》第二部的第二版前言中說：「（浪漫時期）那些可愛的愛慕詩歌，虔誠的語調，中古

的餘緒，前些陣子還四處回響，而今在最近的自由鬥爭喧囂聲中，在現代詩歌的刺痛的歡呼中消散了。現代詩歌不要捏造舊宗教的情緒和諧，而要像雅各賓黨人[6]那樣不容情的切斷情緒，為了真實的緣故。如果這兩類詩歌互相借用外在形式，是很有趣的。更有趣的是，如果在同一個詩人心中融合一體的話。」（DHA 2, 204）作為不同創作時期的過渡和銜接，《新春集》在形式風格上顯示一種「雙面性」（Januskopf），「除了傳統的押韻形式，意向和用詞，偶爾內容的相似之外，也有明顯的美學新發展的跡象。」（DHA 2 , 306）

　　就詩的外在形式而言，《新春集》的確大致延續《詩歌集》的風格。四十五首詩除了第 17 首和 25 首的六行一節外，其他都是四行成一節，詩節數也較少，從二節到六節。其中又以二節和三節的詩佔大多數，因此《新春集》是短詩、或稱小詩的組合。而且詩行全是短詩行，幾乎全是八音節四揚音（Hebung），或是七音節三揚音的，甚至也有四音節二揚音的詩行（第四首的所有雙數行）。如此的外在形式是海涅一生詩作的主要形式，海涅稱之為「民

---

6 雅各賓黨（Jakobiner）是法國大革命時期的激進共和派團體。

歌詩節」（Volksliedstrophe）。他自許，在民歌的接觸中找
到了他「一向追求的純粹音響和真正的簡潔的語言」（DD
Heine I, 25）。這樣的民歌風形式顯然和適合譜曲有關。

　　《新春集》中的詩作固然呈現民歌風的簡潔形式和用
語，但他追求的是，「從已有的民歌形式中可以塑造新的
形式，而且也同樣通俗」（DD Heine I, 102）在形式的自
然合諧中，他也呈現自然的不合諧。他不完全套用揚抑格
（Trochäus）或抑揚格（Jambus）的格律模式，有時出現逗
點，產生停頓（Zäsur），取代原應有的抑音（Senkung），
有時又多加一抑音，使詩行不符固定格律，但符合說話的
真實節奏，如第 25 首末二行。在押韻方式，這詩系列中
更發揮自由。首先他使用相當大數量的不完全韻（unreiner
Reim），半數以上的詩都有。詩行間除了少數雙韻
（Paarreim, aabb），擁抱韻（umschlingender Reim, abba）
外，絕大多數是他常用的交叉韻（Kreuzreim, abab）。但這
詩系列的一大創新是不完全的交叉韻，就是只有二、四行
押韻，一、三行不押韻；這種方式佔交叉韻詩的半數。可
以說，以上這些「創新」是他不因襲舊形式，不讓詩內容
的表現完全迎合或屈從固定形式的束縛。

　　《新春集》大多數的詩寫作於 1830 年底，也就是他

在北海黑格蘭島渡假時獲知法國七月革命之後。當時他極
為興奮激動，而寫下了「我是劍，我是火焰」的散文詩
（Briegleb 4, 489）。這個振奮的心境是否也激勵了詩的寫
作，要創造個人藝術的新春？序詩似乎可以提供探索的線
索。一方面，詩人似乎在藝術上只要歌頌自然界和個人情
感就夠了。但只限於此範圍的自由其實也是藝術的不自由。
但要追求「全然的自由權」，在藝術上會是兩難的局勢。
首先詩人是否也有足夠的洞察力和創作力來表現個人之外
的社會題材、時代動向？而追求藝術的全然自由權，在帝
制獨裁時代是當權者所不容。因此，《新春集》序詩是這
種兩難中的掙扎和抉擇，也可說是這詩系列的綱領。如果
要作真正自由的詩人，也應參與「時代的大戰鬥」。而海
涅既自許是劍和火焰，應也想參與，起碼在藝術上參與。
但海涅有自嘲的能力，藉小愛神的牽絆戲弄，先讓自己在
自然界和個人感情中尋找新春。

　　的確，詩的「我」在第一首詩體驗芳香的春花取代雪
暴降臨人間的驚喜，由此陸續展現春天動植物生命活躍的
景象和聲音。這些都發揮「駭人甜蜜的魔力」，相對應的，
也引發人的心也愛將起來；似乎人愛情的興起也是自然的
力量所致，而不是人的慾望或主觀意識的行為。樹木、草、

花、鳥類、太陽和星星都展現實體和象徵的正面、活躍的作用。景象和音響的美藉由藝術手法完成新春的詩歌，詩人海涅倒是很浪漫派風的。樹木中出現多次菩提樹，這也和中古世紀詩人瓦爾特（Walther von der Vogelweide 1170-1230）的〈菩提樹下〉（"Under der Linden"）愛的場景相似。花類出現比較多的百合、玫瑰和紫羅蘭，分別隱含愛的純潔、熱烈和忠誠的意義。同樣，鳥的歌唱，尤其是夜鶯，也是表現愛意的詩。當然，太陽和星星也有其動態角色。

在如此理想的氛圍，愛神自然發揮他的力量，而如第 7 首，萬物皆有其美好，人皆可去愛。一般浪漫派詩人對愛情的美只表達心靈的享受。但《新春集》中，詩的「我」已同時或說進一步表現實質的、肉體的享受。第 25 首第二節中，炙熱，喜樂的嘴發明了親吻，「他吻着，不想什麼」；第 33 首，也明白說出：

| | |
|---|---|
| Weißt du, was die hübschen Blumen | 妳知道，這些鮮花 |
| Dir Verblümtes sagen möchten? | 告訴你啥婉約花語？ |
| Treu sein sollst du mir am Tage | 白天你要對我忠貞， |
| Und mich lieben in den Nächten. | 夜裡你要好好愛我。 |

　　這裡已顯示，海涅的人生觀和美學觀已有「靈肉合一」、「享樂原則」的進程，而詩，文學也應表現這愛情的雙重內涵。1830 年前，海涅已接觸了法國聖西蒙派的文獻，這是否也加強他這方面的思維？尤其 1831 年 5 月移居巴黎後，更發展「群芳譜」系列中愛的肉體層面以及「人間天堂」（Himmelreich auf Erden）的藍圖。

　　海涅在《新春集》系列裡，也發揮他在《詩歌集》裡聊天語氣、幽默口吻的特色。如第 10 首詩中，春來花開，人會愛上那一種花，那一位女性，可能都是自然的喜事，何需如詩中的「要小心」，「夜鶯要警告提防那一種花」？第 11 首，詩的「我」被迷住，卻反說成「情勢緊急，鐘聲敲響」，因「春天，一雙秀麗眼睛，玫瑰和夜鶯密謀」對付他的心。第 13 首，詩的「我」「心中嘆息的諸多思緒」居然都會被夜鶯唱出來，以至於他「溫柔的秘密整個森林都知道了」。這裡似乎是瓦爾特的〈菩提樹下〉的戲擬（Parodie 或譯為幽默新創）。瓦爾特詩中的女性是擔心夜鶯的歌唱會吐露幽會的秘密；而海涅詩中愛的秘密已被夜鶯宣揚開來了。第 17 首中，詩的「我」熱愛昏頭中，對天上的繁星說話時，花兒們會聽到，而把「繁花弄瘋了」。詩的我（das lyrische Ich）在這裡給自然界的動植物賦予人

的能力，藉它們顯示「我」的癡迷，達到遊戲式自嘲的效果。

　　海涅曾提到自己對泛神論的見解。他同意神性存在於萬物，但並不完整，不等量存在於萬物中，因此萬物都不是靜止不變的[7]，人的愛情本就會因時間因素，環境而變遷；或者任何事物本身已含有反向的另一面因子。也就是說，一個地方不可能一直是春天，既使春天延續到大部份的詩篇，但秋天、冬天到詩系列的末尾部分還是得出現。同樣的，愛情也必得面對可能的冬天。這是詩人海涅信守的真實和誠實。

　　《新春集》系列臨將末尾第 42、43 首時，秋天來了，也結束了；樹木綠葉枯黃、掉落，接下來將是寒冬。這是自然界的變遷，自然界的兩面性。相對的，人的生命和愛情更早，更複雜地存在兩面性、矛盾性。早在第 12 首，愛情中已同時並存「甜蜜的困窘，苦澀的喜樂」（süßes Elend / bittre Lust）[8]，「天堂般的折磨」。而且人的愛情和美夢可能如第 27 首那樣，「恁般多變，／心和眾樹恁般披上冰

---

7　參閱 Briegleb 3, S.394。

8　海涅在這裡使用交錯配列的語法（Chiasmus），而且是反義詞的交錯配列。

# Neue Gedichte

von

## H. Heine.

Hamburg,
bei Hoffmann und Campe.
1844.

Paris, chez J. J. Dubochet & Cie., rue de Seine, 33.

《新詩集》1844 年初版，《新春集》是其中第一系列。

雪衣裳」，因為「我們自己也將恁般冷卻」。如此的呈現，
才是人生和愛情的真實。更沈重的是，自古以來的愛情常
伴隨著死亡，如 29 首中的少年侍童和年輕王后。他們的愛
也許天真自然，愛情本身沒有罪過，但在社會規範中卻是
罪過。結果哀傷伴隨著甜蜜，因為「他們兩人都得去死，
／他們太相愛了」。因此詩人對心靈世界的想像也需要採
取距離和質疑，如在第 32 首中「我」並不完全陷入美麗想
像，而懷疑精靈女王的微笑是「預示新的愛情，／或在意
味著死亡？」

　　如此兩極對立的愛情與死亡，在人生中卻是並存相隨，
顯示詩人在春天後的悲觀認定。更明確的，詩人在第三十
首第二節表明知道，「人間最美好的，／春天與愛情，／
都得化為烏有」。第 40 首中，也出現如此詩行：

| | |
|---|---|
| Die holden Wünsche blühen, | 美好的心願開花 |
| Und welken wieder ab, | 又日漸凋萎而去， |
| Und blühen und welken wieder - | 又開花，再凋萎—— |
| So geht es bis ans Grab. | 如此這般，直到入墓。 |

　　我們可以追問，詩人如此悲觀的明智，或說明智的悲

觀，是因他 1830 / 31 年之交個人的人生觀，或是因在德國難以發展生涯所致？

　　也許最後一首詩（第 44 首）可以提供答案。海涅安排這一首來為詩系列收尾，脫離春天、自然界和愛情，而定格於漢堡都市日常生活和街景的現實。他對漢堡和漢堡人如此負面的呈現，是以漢堡冬天的天氣和美麗的南方（義大利之旅）相對照，因此在「庸拙」的街景襯托下，漢堡人變成極惡劣的形象。他求職不成，有志難伸的苦悶，應也是他誇張表達的原因。所以第 39 首中，「珍重再見，愛人，在遠方 / 任何地方，我的心都向你開花。」就是已預示將離開德國，去踏上新的「人生之旅」（Lebensfahrt）[9]？

## 四、新春集的翻譯

　　翻譯工作及成果有多種比喻，如地毯的背面（塞萬提斯）、半遮面的美女（哥德）、移植樹木等[10]。我們也可以將德文字「翻譯」（übersetzen）唸成前音節可分離的動詞，變成是船伕的渡船工作。這同字母的兩個字意義也是

---

9　參閱《時代詩》系列（Zeitgedichte）第 10 首, DHA 2,117。

10　參閱 Das Problem des Übersetzens. Hrsg. Von Hans Joachim Störig. Wisschenschaftliche Buchgeselllschaft. Darmstadt 1973. S. VIIf.

《新春集》第 9 首作者海涅的手筆，屬舊的德式書寫體。

IX

„Im Anfang war die Nachtigall
Und sang das Wort: Züküht! Züküht!
Und wie sie sang, sproß überall
Grüngras, Violen, Apfelblüt.

Sie biß sich in die Brust, da floß
Ihr rotes Blut, und aus dem Blut
Ein schöner Rosenbaum entsproß;
Dem singt sie ihre Liebesglut.

Uns Vögel all in diesem Wald
Versöhnt das Blut aus jener Wund;
Doch wenn das Rosenlied verhallt,
Geht auch der ganze Wald zugrunde."

So spricht zu seinem Spätzelein
Im Eichennest der alte Spatz;
Die Spätzin piepet manchmal drein,
Sie hockt auf ihrem Ehrenplatz.

Sie ist ein häuslich gutes Weib
Und brütet brav und schmollet nicht;
Der alte gibt zum Zeitvertreib
Den Kindern Glaubensunterricht.

梁景峯翻譯前手抄試筆。

相通。

　書面翻譯當然先通過閱讀理解，才有第二步的翻譯。閱讀如果是在於興趣和喜好，那會是比較理想的藝術體驗，美的享樂。但要達到享受，也需有語言和內容的理解。因此閱讀同時有享受原理和現實原理的交融，不管閱讀者是否意識到這種交融。不過，各讀者對同一文體的理解有不同範圍或程度的理解；或者說，讀者的理解和作者的原意可能貼近和差異的程度。尤其因時代的差異或距離和空間的差異或距離（不同國度，不同語言），使得文學作品的理解和詮釋成為非常寬廣的有趣領域。如果說文學創作有相當寬廣的自由空間，甚至隱性不明的空間，文體的理解和詮釋也是如此。連帶文學作品的翻譯除了上述特性外，也增加另外轉化的別種語言文本的忠實難題及自由的特性。

　理想的翻譯應達到一定程度的科學性和藝術性。所謂科學性大致指譯文和原文內容和形式相符，而藝術性是譯文可讀，而且形式良好。一般來說，科學性的精確相符比較可以判斷，藝術性程度則屬於文體和品味的範疇，難有一定的標準。譯者應儘可能忠於原作，但在譯文形式的藝術性上有相對的自由，別人不能以文體導師自居來指摘。而且即使在內容方面，翻譯能達到的科學性也是有相當的

限度。不同語言的字義範圍可能並不全然吻合，加上時代
的差異，也使字義有所變遷。此外，成語、句型等等，不
同語言也難達到相吻合的程度。尤其詩的形式因押韻、格
律、分行等特色，更無法要求譯文和原文外在形式如何相
吻合。因此，形似和神似難兼得，藝術上合宜的抉擇自
然是「形似不如神似」。黑爾德（Johann Gottfried Herder
1744-1803）在他 1778 / 79 年編選出版的《詩歌中各民族
的心聲》（Stimmen der Völker in Liedern）第二部導言也
提到，要轉譯外語詩歌中的歌唱式語調（Gesangton）是最
難的[11]。因此常有「詩不可翻譯」的說法。但如哥德所說，
「在翻譯上，我們必須敢於動手做不可譯的，這樣我們才
能察覺領會到別的民族，別的語言」[12]。從事詩翻譯這「不
可能的任務」，也就可能等於是新創作了。

　　德國漢學家 Eduard Horst von Tscharner 在 1932 年 8 月
的《東亞雜誌》（Ostasiatische Zeitschrift）的論文〈中國詩
在德語〉（Chinesische Gedichte in deutscher Sprache）中，
提到「外國詩文學的譯者面對的問題，大概沒有比中國詩

---

11　Johann Gottfried Herder, Stimmen der Völker in Liedern. Stuttgart 1975.
　　S.184.

12　同注 10，頁 VIII。

文學那麼強烈、尖銳了。幾乎沒有別種詩文學和我們的有那麼大的差異，語言上、格律、內容、精神思想上都是」[13]。漢語詩翻譯成德語詩時，有諸多難題；相對的，在翻譯德語詩成漢語詩時，譯者也要面對同等的難題。

　　翻譯德文詩面臨的難題有屬於一般語言的，詩形式的，和個別詩人的。西方語言的單字本身可以形成複數，如果在句子中未加數目字或其他形容詞，在翻譯成漢文時，可能需要加字，才能顯示多數的意義，但必須適度，如序詩第一行「一些畫廊」（einige Galerien），第五行「小愛神們」（Amoretten），詩 5 第二行的「繁花眾樹」（Die Blumen und Bäume），詩 26 第二行的繁星（Die Sterne）和第三行的「蜜蜂群」（Bienen），詩 27 第四行的「頻頻秋波」（Liebesblicke）。《新春集》的詩作除極少數例外，動詞幾乎全是現在式。即使有使用過去式的詩 29，因是故事詩，有「曾經」（es war）的用詞，後續的動詞很清楚是過去式含意，因此漢譯不用加任何字顯示過去。而詩 25 因有問句「誰發明了」（wer…erfund），回答中的動詞意義在漢譯中也是過去含意。

　　德語詞彙中有一個詞「Gemüt」常在日常生活和文學作

---

13　同注 10，頁 242。

品中出現，是不容易明確譯出的詞。《漢德辭典》（上海
譯文出版社，台北中央圖書公司）的對應譯法是心情、性
情等。詩 6 和詩 41 中的「Gemüt」含有空間的意義，因此
我譯為「心境」，較為具體。《新春集》一些詩有反義詞
合為一詞的新創詞，如詩 2 第二節第二行的「seligtrübe」，
詩 12 第二行的「schmerzenmild」。這樣的造詞也和《新春
集》中愛情的矛盾氣氛相呼應。譯文中分別磨出「喜怨交
融」和「帶痛又柔和」；詩 2 第二行的「lustbeklommen」
則譯為「欣喜忐忑」。類似的「交叉配列語法」（Chiasmus）
在詩集中使用幾次，如詩 12 第二節：

| | |
|---|---|
| Ach, der Liebe süßes Elend | 唉，愛情甜蜜的困窘 |
| Und der Liebe bittre Lust | 愛情苦澀的喜樂 |

詩 15 的月亮（der Mond）在德文是陽性名詞，所以詩
末尾寫「少年」（小伙子，Geselle），我認為應保留原文
用詞，但另加註釋。詩 36 第五節：

| | |
|---|---|
| Bis mich weckt das Licht der Sonne, | 直到陽光喚醒了我， |
| Oder auch das holde Lärmen | 或者也是那些另類夜鶯 |

Jener andren Nachtigallen,　　　　　在我窗前蜂擁，

Die vor meinem Fenster schwärmen.　妙聲吱喳的吵雜。

　　jener anderen Nachtigallen 在這裡是隱喻真實夜鶯之外那些小姐女士們；但譯詩不宜更改原詩用詞，所以仍譯「那些另類夜鶯」，不過也需加註釋。海涅常使用類似的意象語，如第 39 首最後一行 Wo ich auch bin, blüht dir mein Herze。這裡應保留原文用語，直譯為「任何地方，我的心都向你開花」，以存其真。詩 22：

Ich wandle unter Blumen　　　　我在花間漫步

Und blühe selber mit;　　　　　自己也開了花。

Ich wandle wie im Traume,　　　我像在夢遊，

Und schwanke bei jedem Schritt.　步步蹣跚。


O, halt mich fest, Geliebte!　　　抓緊我啊，愛人，

Vor Liebestrunkenheit.　　　　　免得我太沉醉了。

Fall ich dir sonst zu Füßen,　　　不然我向妳跪倒下來，

Und der Garten ist voller Leut.　　花園裡人很多呢。

　　對女士「zu Füßen fallen」並不是字面上的「跌倒在你的身旁」[14]，而是「向你跪倒下來」的意思，如此才符合原文自嘲的幽默。此外，德語和漢語的組合句（Satzgefüge）中的主句和副句大致都可隨作者的意思及語意的重點自由對調次序。序詩第三節的時間副句在後，譯文應呈現原作文體，副句在後，並無不當，反而有新意，如序詩末節：

| | |
|---|---|
| So, in holden Hindernissen, | 我也如此身陷溫柔的牽絆， |
| Wind ich mich in Lust und Leid, | 在喜樂和苦惱中掙扎， |
| Während Andre kämpfen müssen | 當別人在時代的大戰鬥 |
| In dem großen Kampf der Zeit. | 必須出戰時。 |

　　海涅詩歌的一個特色是淺白的聊天語氣，但詩句是精鍊濃縮。詩整體的翻譯也應呈現這特色。首先，現代的譯文應使用白話文，詩行應是自由詩，不用押韻，不宜勉強翻成傳統的五言或七言的舊體漢詩。因此，譯文不用刻意押韻或填平仄，但由於原作都是八音節之內的短詩行，所以譯文詩行也應精短，盡可能在十個字之內。在表現聊天

---

14　《海涅詩選》，錢春綺譯，1988 台北桂冠版 1995，頁 323。
　　《海涅全集 卷 2》，胡其鼎譯。河北教育出版社 2003，頁 150。

語氣成功的詩作特顯示在第 33 及 34 首：

33

| | |
|---|---|
| Morgens send ich dir die Veilchen, | 清晨我送給你 |
| Die ich früh im Wald gefunden, | 林中找來的紫羅蘭。 |
| Und des Abends bring ich Rosen, | 夜晚我帶給你 |
| Die ich brach in Dämmrungstunden. | 黃昏時摘來的玫瑰。 |

| | |
|---|---|
| Weißt du, was die hübschen Blumen | 你知道，這些鮮花 |
| Dir Verblümtes sagen möchten? | 要告訴你啥婉約花語？ |
| Treu sein sollst du mir am Tage | 白天你要對我忠貞， |
| Und mich lieben in den Nächten. | 夜裡你要好好愛我。 |

34

| | |
|---|---|
| Der Brief, den du geschrieben, | 你寫的那封信， |
| Er macht mich gar nicht bang; | 它不會令我憂愁； |
| Du willst mich nicht mehr lieben, | 你說不再愛我了， |
| Aber dein Brief ist lang. | 但你的信可長得很。 |

| | |
|---|---|
| Zwölf Seiten, eng und zierlich! | 十二頁，密密麻麻的細字， |

| Ein kleines Manuskript! | 可是個小文稿了！ |
| Man schreibt nicht so ausführlich, | 人要分手的話， |
| Wenn man den Abschied gibt. | 不會寫得這麼詳細。 |

　　如此日常式用語寫成的詩似乎缺乏古典詩，浪漫派詩慣有的「崇高」（Erhabenheit）或「感傷情懷」（Sentimentalität），似乎不像詩作品了。但以現代文學的實際而言，以日常白話創造詩作品，更需要高段數的技巧投入。整部詩系列最特出，耐人尋味的詩可能是第 24 首：

| Es haben unsre Herzen | 我們的心已經 |
| Geschlossen die heilge Allianz; | 結成了神聖同盟。 |
| Sie lagen fest aneinander, | 它們緊貼在一起， |
| Und sie verstanden sich ganz. | 它們成了知己。 |

| Ach, nur die junge Rose, | 唉，但那點綴你 |
| Die deine Brust geschmückt, | 胸前的小玫瑰花， |
| Die arme Bundesgenossin, | 那可憐的同盟者， |
| Sie wurde fast zerdrückt. | 幾乎被壓碎了。 |

　　Heilige Allianz（神聖同盟）影射普魯士，奧地利和俄羅斯在 1805 年組成的同盟。這三國同盟在對外之餘，對內的利益三角關係中，如兩方較親，或一方較弱，則結局難以「神聖」。這首詩是海涅用豔情（Erotik）來嘲諷政治的最早詩作之一；反過來說，用政治現象來幽默愛情，是兩個主題溶合極巧妙的作品。這種作品是德國浪漫派和稍後的政治詩人排斥的。文學史中，有些藝術上成功的詩作可能在當時被視為輕佻，不正經。

　　海涅的作品常在面對嚴肅，激情或苦澀感傷時，不身陷其中，採取距離，表現幽默。詩 9 中，海涅在第四節、第五節發揮他的幽默特色，譯文也嘗試接近他的口吻：

| | |
|---|---|
| Die Spätzin piepet manchmal drein, | 母麻雀高居上座， |
| Sie hockt auf ihrem Ehrenplatz. | 有時也喳喳插嘴。 |
| | |
| Sie ist ein häuslich gutes Weib | 她是顧家賢妻， |
| Und brütet brav und schmollet nicht; | 乖乖孵蛋，不找碴； |
| Der Alte gibt zum Zeitvertreib | 老頭則給孩子們 |
| Den Kindern Glaubensunterricht. | 精神講話作消遣。 |

整部詩系列中含有比較多理解和翻譯難題的是最後一首（詩44）：

Himmel grau und wochentäglich!　　　　天空灰濛，整週如是！

Auch die Stadt ist noch dieselbe!　　　　這城市也仍一成不變！

Und noch immer blöd und kläglich　　　　它還是傻愣愣，庸拙地

Spiegelt sie sich in der Elbe.　　　　倒映在易北河水中。


Lange Nasen, noch langweilig　　　　人們還是沒趣地

Werden sie wie sonst geschneuzet,　　　　如往常擤著長長鼻子。

Und das duckt sich noch scheinheilig,　　　　這景象或裝作無辜狀，

Oder bläht sich, stolz gespreizet.　　　　或大剌剌地神氣張揚。


Schöner Süden! wie verehr ich　　　　美麗的南方！我多思慕

Deinen Himmel, deine Götter,　　　　你的天空，你的眾神！

Seit ich diesen Menschenkehricht　　　　自從我再見到這些人渣，

Wiederseh, und dieses Wetter!　　　　還有這裡的天氣！


這首詩內容似乎和整部詩系列不合，甚至有醜化家巢（Nestbeschmutzer）的嫌疑。這裡呈現冬景的極度負面，

連帶的，路上人們在詩的「我」眼中也是負面的感覺。當然這也是詩人要離開，遠赴南方時的反應。詩作也對譯者拋出了理解和翻譯的難題。漢堡市景如何「blöd und kläglich」倒映易北河中？人們擤鼻子要如何「duckt sich scheinheilig」？譯者這裡得發揮一點想像力，把這兩個詞句譯成「傻楞楞，庸拙地」，「裝作無辜狀」。詩作提到人的長鼻子，是使用局部代表總體的技法（Synekdoche）；因為人寒冬在戶外時，不免會拉長著臉。

## 五、作品文獻及研究文獻

第二次世界大戰後，相當晚才有比較完整的海涅全集出版。1968 到 1976 年間，漢堡大學教授 Klaus Briegleb 受慕尼黑 Carl Hanser 出版社邀請編輯出版了六冊的《海涅全部作品》（Sämtliche Werke），加上一冊《文獻及索引附冊》，每本分別有接近一千頁的篇幅。這本全集依文類和年代次序分冊，每冊都有一定篇幅的各作品的註釋。這個全集提供戰後第一部海涅文本及研究資料的依據版本。1973 年到 1997 年間，杜塞多夫大學教授 Manfred Windfuhr 受杜塞多夫市、北萊因邦及德國研究協會（Deutsche Forschungsgemeinschaft）資助，主編更大部頭、更完整的

《杜塞多夫海涅作品歷史評註性的全集》（Heinrich Heine. Historisch-kritische Gesamtausgabe der Werke）。這全集工程邀集了德語區和法國重要的海涅研究學者參與編輯及評注。二十四年間完成了全部共十五冊作品，加上評注附冊及索引冊則共有二十三冊，每冊也接近一千頁。包含《新春集》系列的《新詩集》編在第二冊。其評注包含對寫作、出版以及迴響接納的歷史，各篇作品的評注，內容豐富，應是最可靠的版本。前東德威瑪的《海涅百年紀念版本》（Säkularausgabe）在德國 1990 年統一後沒有繼續出版完畢，目前在書市也難以買到已出版的部份。另外 Reclam 出版社也出版了由杜塞多夫海涅研究所的研究員 Bernd Kortländer 編輯的《海涅詩全集及評注》，是較小規模的閱讀附注本（Studienausgabe）。海涅本人對自己作品的各種發言則收錄於《詩人論自己作品・海涅集》（Dichter über ihre Dichtungen）。我翻譯使用的原文文本是杜塞多夫版，註釋及序論論點則參考上述的出版品，不過杜塞多夫版仍是主要依據。

在研究參考文獻方面，如前所述，《新春集》一般被視為《詩歌集》的延續，也就是銜接後來比較新風格的《群芳譜》豔情詩系列以及《時代詩》的政治性作品系列，因

此較不受重視。雖然《新春集》是《新詩集》的第一系列，但二十世紀六〇年代起，《時代詩》系列是最受文化界和學界重視的部分。1980 年，Jürgen Brummack 編著的研究工作手冊《海涅，時期——作品——影響作用》（Heinrich Heine. Epoche – Werk – Wirkung）根本就跳過《新春集》和《群芳譜》，直接談《時代詩》。其他的傳記書如 Eberhard Galley 的《Heinrich Heine》（1973）也沒提到《新春集》。從 1972 年起的國際海涅研究會議，如杜塞多夫（1972）、加拿大 Western Ontario（1978）、荷蘭 Rotterdam（1986）、美國 Pennsylvania（1995）、以色列 Jerusalem（1997）、中國北京（1997）的海涅研究會議都沒出現「新春集」的研究論文。即使單篇詩作的學術詮釋也只有比較為人熟知的第 6 首〈Leise zieht durch mein Gemüt〉出現在集子《海涅詩作詮釋》（Interpretationen. Gedichte Von Heinrich Heine. Stuttgart, 1995）之中。以現代作家為主的散文式短評集也只有〈序詩〉被評述（Heinrich Heine. Ich habe geweinet. Frankfurt, 2001）。到了 2005 年，斯圖佳大學文學研究所才有一位 Christian Wadephul 以《新春集》整體的初步研究論文：《Die Ambivalenz der Liebe. Zum Begriff der Liebe in Heinrich Heines Neuer Frühling》（愛情的矛盾性，論海涅

新春集的愛情觀）。此論文先作簡略的形式論述，在主文中則大致逐篇敘述和解釋詩內容，結論中主要引述海涅學者 Manfred Windfuhr 等人的論點來和該論文作者的論述穿插。作者主要論述，自然界春與冬，人們愛情的喜和苦，一方面各是對立，同時又是一體，這是自然界和人生的真實。（Wadephul 27）。

　　《新春集》已有兩個漢文全譯本，分別由中國的著名譯者錢春綺（1921-2013）和胡其鼎（1939-2013）譯出。錢春綺的譯文收於 1995 年台灣版的《海涅詩選》（台北桂冠圖書股份有限公司）；胡其鼎的譯文則在《海涅全集》十二卷中的第二卷（河北教育出版社，2003）。可能因《新春集》在兩個譯本書中只佔一部份篇幅，在書前〈譯本序〉和〈導讀〉分別只有六行和二十六行的簡介。錢春綺提到本系列的詩作「沒有統一的某種感情和事件的發展，又沒有固定的女性對象，所以內容也就較為複雜。」（錢春綺，頁ⅩⅡ）胡其鼎則在肯定海涅的詩藝之外，也「喻把詩人的社會思想藏於詩藝之中……『鮮花黨』（指詩人）同革命結合。」（胡其鼎，頁 7）。兩個譯本分別有對少數的詩作必要的注釋。兩本譯文大致符合原文內容，也通順可讀，尤其錢的白話文自然流暢，較接近海涅詩作表面「聊天口

氣」又呈現深刻內容的詩藝。胡其鼎比較嘗試譯文形式的變化。首先他盡可能也押韻，但顯然有些勉強，多處作不成。另外在詩行字數也出現多處「復古」的嘗試，有整首詩或整詩節四字一行（詩5），五字一行（詩23）和七字一行（序詩，詩7、33）等漢文舊詩形式。這種嘗試也許有「新意」，但結果往往力不從心，多首詩在第一詩節用四字或五字後，接下來卻又變回不一致的白話詩行，如詩6、8、13、22、23、37。如此的文體可能變成為詩畫框框，勉強套機械式的節奏，反而不合海涅詩作淺白又精煉，自由卻深刻的風格。

## 六、結語

《新春集》是海涅文學生涯「浪漫時期」到「現代時期」的銜接點和過渡。它含有《詩歌集》個人青少年時期文學心靈的基調：對自然界的敏感，對愛情的渴慕。但同時對個人全然的自由，對時代社會狀況的認知和理想也開始較全面地形塑海涅的文學生命。《新春集》中自然界季節和愛情的兩面性也隱含海涅文學的雙向掙扎，雙向的創作挑戰，這是他走向他追求創作「所有生命領域」的現代時期的開端。

　　哥德曾提到翻譯的兩個原理，其一是我們進入異國的世界，讓我們置身於它的現狀、它的語言方式、它的特性；其二是我們將異國的作者帶到我們這裡來，並能把他當做我們的作家一樣[15]。這個說法可以看成是翻譯的科學性和藝術性，顯示譯文可能的忠實和美好。這兩個並存的原理適用於我們從外文翻成漢文作品時，應也可指引我們嘗試將本國文學作品翻譯成外語的作品，如此雙向翻譯將是世界文學的新領域。

　　我「新春集」的譯注研究計劃是個人過去有關海涅研究的延續。以前寫作的兩篇論文探討海涅的現代性：〈海涅詩中的現代特質〉（現代文學復刊第二期，1977 年 11 月）和〈Heinrich Heine und die Moderne.〉（海涅與現代派中華民國德語教師及學者協會創會年會論文集 1992 / 93）。《新春集》雖說是海涅文學生涯浪漫時期到「現代時期」的過渡，但也可以說是「現代時期」的前奏、先聲。希望我的譯文多少達到自己預期的理想。接下來，可進一步從事《群芳譜》和《時代詩》的譯注；如此，海涅在文學史的現代進程軌跡將可展現出來。

　　我過去和現在有關海涅文學工作首先得感謝淡江大學

---

15　同註 8，頁 35。

豐富的藏書和德文學界部分同仁間的交流。其次杜塞多夫市海涅研究所，「德國學術交換處」（DAAD）和「國際協會」（Inter Nationes）開放大方的贈書也擴展了我的文學資源和視野。行政院國家科學委員會人文處及評審專家們支持人文經典的譯注也是有遠見的。

# 附　錄

## 海涅作品原典

DHA　　　Heinrich Heine, Historisch-kritische Gesamtausgabe der Werke. （Düsseldorfer Ausgabe）. 23 Bde. Hrsg. von Manfred Windfuhr. Hoffmann und Campe Verlag Hamburg 1973-1997. Band 2, Neue Gedichte 1983

Briegleb　Heinrich Heine, Sämtliche Schriften. Hrsg. von Klaus Briegleb. 7 Bde. Carl Hanser Verlag München 1968-1976.

Kortländer Heinrich Heine, Sämtliche Gedichte. Kommentierte Ausgabe. Hrsg. von Bernd Kortländer. Reclam Verlag Stuttgart 2006 （1990）

DD　　　Dichter über ihre Dichtungen. Heinrich Heine. 3 Bde. Hrsg. von Norbert Altenhofer. Heimeran Verlag München 1971

## 參考文獻

Eberhard Galley, Heinrich Heine. Georg Wenderoth Verlag Kassel 1973

Interpretationen. Gedichte von Heinri Heine. Hrsg. von Bernd Kortländer. Reclam Verlag Stuttgart 1995

Joseph Kruse, Heinrich Heine. Leben und Werk in Daten und Bildern. Insel Verlag Frankfurt 1983

Joseph Kruse, Heine-Zeit. Metzler Verlag Stuttgart 1997

Fritz Mende, Heine-Chronik. Daten zu Leben und Werk. Carl Hanser Verlag München 1985

Dolf Sternberger, Heinrich Heine und die Abschaffung der Sünde. Insel verlag Frankfurt 1996

Christian Wadephul, Die Ambivalenz der Liebe. Zum Liebe-Begriff in Heinrich Heines Neuer Frühling. Grin Verlag 2005

Manfred Windfuhr, Heinrich Heine: Reflexion und Revolution. Metzler Stuttgart 1969

Manfred Windfuhr, Rätsel Heine: Autorprophil – Werk – Wirkung. Carl Winter Verlag Heidelberg 1997

Das Problem des Übersetzens. Hrsg. von H. J. Störig.
Wissenschaftliche Buchgesellschaft Wiesbaden
1973

# Heinrich Heine
# Neuer Frühling

## Prolog

In Gemäldegalerien
Siehst du oft das Bild des Manns,
Der zum Kampfe wollte ziehen,
Wohlbewehrt mit Schild und Lanz.

Doch ihn necken Amoretten,
Rauben Lanze ihm und Schwert,
Binden ihn mit Blumenketten,
Wie er auch sich mürrisch wehrt.

So, in holden Hindernissen,
Wind ich mich in Lust und Leid,
Während Andre kämpfen müssen
In dem großen Kampf der Zeit.

# 海涅
# 新春集

序詩

在一些畫廊裡，
你常看到一男子的畫像，
他要奔赴戰場，
一身矛和盾上好武裝。

但小愛神們戲弄他，
搶走他的矛和劍，
用些花環纏繞他，
不管他如何不樂意的抗拒。

我也如此身陷溫柔的牽絆，
在喜樂和苦惱中掙扎，
當別人在時代的大戰鬥
必須出戰時。

## 1

Unterm weißen Baume sitzend,
Hörst du fern die Winde schrillen,
Siehst, wie oben stumme Wolken
Sich in Nebeldecken hüllen;

Siehst, wie unten ausgestorben
Wald und Flur, wie kahl geschoren; -
Um dich Winter, in dir Winter,
Und dein Herz ist eingefroren.

Plötzlich fallen auf dich nieder
Weiße Flocken, und verdrossen
Meinst du schon, mit Schneegestöber
Hab der Baum dich übergossen.

Doch es ist kein Schneegestöber,
Merkst es bald mit freudgem Schrecken;
Duftge Frühlingsblüten sind es,
Die dich necken und bedecken.

Welch ein schauersüßer Zauber!
Winter wandelt sich in Maie,
Schnee verwandelt sich in Blüten,
Und dein Herz es liebt aufs neue.

**1**

坐在那棵白樹下，
你聽到遠方風聲嗖嗖，
看見，天上霧霾圍繞著
無聲的雲朵。

看見，地面樹林和田野
死去，如被剃光；
你四周冬天，體內冬天，
你的心已凍僵了。

突然白色片片
掉落到你身上，你氣惱
以為，樹上雪花紛紛
向你傾瀉而來。

但那不是雪暴，
你一回就驚喜發現，
那是芳香的春花
戲弄你，覆蓋你。

好個駭人甜蜜的魔力！
冬天化作了五月，
雪變成繁花，
你的心又愛將起來。

## 2

In dem Walde sprießt und grünt es

Fast jungfräulich lustbeklommen;

Doch die Sonne lacht herunter:

Junger Frühling, sei willkommen!


Nachtigall! auch dich schon hör ich,

Wie du flötest seligtrübe,

Schluchzend langgezogne Töne,

Und dein Lied ist lauter Liebe!

**2**

樹林中一片萌芽新綠，
近乎處女般的欣喜忐忑；
陽光也笑容俯照：
少年春天，歡迎光臨！

夜鶯！我也聽見你了，
你吹笛吹簫喜怨交融，
長長的抽泣聲，
歌曲盡是愛意！

**3**

Die schönen Augen der Frühlingsnacht,

Sie schauen so tröstend nieder:

Hat dich die Liebe so kleinlich gemacht,

Die Liebe, sie hebt dich wieder.


Auf grüner Linde sitzt und singt

Die süße Philomele;

Wie mir das Lied zur Seele dringt,

So dehnt sich wieder die Seele.

**3**

春夜美麗的眼睛，
它們的俯視如此宜人：
如果愛情使你小器，
愛情又會將你提昇。

那甜美的夜鶯
坐在翠綠菩提樹上歌唱；
當歌聲穿進我心靈，
心靈也伸展開來！

## 4

Ich lieb eine Blume, doch weiß ich nicht welche;

Das macht mir Schmerz.

Ich schau in alle Blumenkelche,

Und such ein Herz.

Es duften die Blumen im Abendscheine,

Die Nachtigall schlägt.

Ich such ein Herz so schön wie das meine,

So schön bewegt.

Die Nachtigall schlägt, und ich verstehe

Den süßen Gesang;

Uns beiden ist so bang und wehe,

So weh und bang.

**4**

我愛一朵花，但不知那一朵；
這使我痛苦。
我瞧瞧所有花萼，
尋找一顆心。

繁花在夜光中芬芳，
夜鶯放聲鳴叫。
我找一顆心和我的比美，
一樣巧妙波動。

夜鶯放聲，我領會
那美麗歌聲。
我倆如此心憂心痛，
如此心痛心憂。

## 5

Gekommen ist der Maie,

Die Blumen und Bäume blühn,

Und durch die Himmelsbläue

Die rosigen Wolken ziehn.

Die Nachtigallen singen

Herab aus der laubigen Höh,

Die weißen Lämmer springen

Im weichen grünen Klee.

Ich kann nicht singen und springen,

Ich liege krank im Gras;

Ich höre fernes Klingen,

Mir träumt, ich weiß nicht was.

**5**

五月已來臨，
繁花眾樹綻放
片片艷紅雲彩
飄過處處藍天。

夜鶯們的歌聲
從枝葉高處傳來，
白毛綿羊群
在酢醬草綠地跳躍。

我無法歌唱跳躍，
我病弱地躺在草地；
我聽到遠處細聲，
做了夢，不知是什麼。

## 6

Leise zieht durch mein Gemüt

Liebliches Geläute.

Klinge, kleines Frühlingslied,

Kling hinaus ins Weite.


Kling hinaus, bis an das Haus,

Wo die Blumen sprießen.

Wenn du eine Rose schaust,

Sag, ich laß sie grüßen.

**6**

可愛的鈴鐘聲
輕輕穿過我心境。
響吧，小小的春歌
聲音響出去到遠方。

響出去，直到
繁花盛開的家屋。
如你看到一朵玫瑰，
跟她說，我問候她。

**7**

Der Schmetterling ist in die Rose verliebt,

Umflattert sie tausendmal,

Ihn selber aber, goldig zart,

Umflattert der liebende Sonnenstrahl.


Jedoch, in wen ist die Rose verliebt?

Das wüßt ich gar zu gern.

Ist es die singende Nachtigall?

Ist es der schweigende Abendstern?


Ich weiß nicht, in wen die Rose verliebt;

Ich aber lieb euch all:

Rose, Schmetterling, Sonnenstrahl,

Abendstern und Nachtigall.

**7**

蝴蝶愛上了玫瑰，
環繞它飛舞千百回，
熱情的陽光則
以溫柔金光環繞蝴蝶。

但玫瑰愛上誰呢？
我一直很想知道。
是那歌唱的夜鶯？
是那沉默的金星？

我不知道，玫瑰愛上誰；
我倒是愛你們大家，
玫瑰，蝴蝶，陽光，
金星和夜鶯。

## 8

Es erklingen alle Bäume,

Und es singen alle Nester -

Wer ist der Kapellenmeister

In dem grünen Waldorchester?

Ist es dort der graue Kiebitz,

Der beständig nickt so wichtig?

Oder der Pedant, der dorten

Immer kuckuckt, zeitmaßrichtig?

Ist es jener Storch, der ernsthaft,

Und als ob er dirigieret,

Mit dem langen Streckbein klappert,

Während alles musizieret?

Nein, in meinem eignen Herzen

Sitzt des Walds Kapellenmeister,

Und ich fühl, wie er den Takt schlägt,

Und ich glaube, Amor heißt er.

**8**

所有樹木都發聲，
所有鳥巢在歌唱——
在那綠色森林樂隊中，
誰是樂隊指揮呢？

是那煞有介事
頻頻點頭的灰色鳳頭麥雞？
或是那分秒不差
咕咕叫的杜鵑。

或是當大家奏樂時，
那正經八百，
一副指揮樣，
用長腿拍地的鸛鶴？

不，森林樂隊指揮
就在我自己心中，
我感覺到，他在打拍子，
我相信，那是愛神了。

## 9

「 Im Anfang war die Nachtigall
Und sang das Wort: Züküht! Züküht!
Und wie sie sang, sproß überall
Grüngras, Violen, Apfelblüt.

Sie biß sich in die Brust, da floß
Ihr rotes Blut, und aus dem Blut
Ein schöner Rosenbaum entsproß;
Dem singt sie ihre Liebesglut.

Uns Vögel all in diesem Wald
Versöhnt das Blut aus jener Wund;
Doch wenn das Rosenlied verhallt,
Geht auch der ganze Wald zu Grund. 」

So spricht zu seinem Spätzelein
Im Eichennest der alte Spatz;
Die Spätzin piepet manchmal drein,
Sie hockt auf ihrem Ehrenplatz.

Sie ist ein häuslich gutes Weib
Und brütet brav und schmollet nicht;
Der Alte gibt zum Zeitvertreib
Den Kindern Glaubensunterricht.

**9**

「太初之初有夜鶯
唱著它的話語：啾啾 啾啾！
它唱的時候，到處
綠草，菫菜，蘋果花都綻放。

它啄自己胸口，紅色鮮血
流出，從血中
長出一株美麗玫瑰樹；
它對樹唱火熱的愛。

那傷口的血帶給我們
這些森林鳥兒和諧；
但當玫瑰之歌唱完，
整片森林也沉淪。」

老麻雀在橡樹鳥巢
對它的孩子如是說，
母麻雀高居上座，
有時也喳喳插嘴。

她是顧家賢妻，
乖乖孵蛋，不找碴；
老頭則給孩子們
精神講話作消遣。

## 10

Es hat die warme Frühlingsnacht

Die Blumen hervorgetrieben,

Und nimmt mein Herz sich nicht in acht,

So wird es sich wieder verlieben.


Doch welche von den Blumen alln

Wird mir das Herz umgarnen?

Es wollen die singenden Nachtigalln

Mich vor der Lilje warnen.

**10**

春夜的暖意
催喚了繁花開放，
如我的心不留意點，
可會再愛將起來。

但群花中那一朵
會纏繞我的心呢？
歌唱的夜鶯們
似乎警告我要防著百合。

## 11

Es drängt die Not, es läuten die Glocken,

Und ach! ich hab den Kopf verloren!

Der Frühling und zwei schöne Augen,

Sie haben sich wider mein Herz verschworen.


Der Frühling und zwei schöne Augen

Verlocken mein Herz in neue Betörung!

Ich glaube, die Rosen und Nachtigallen

Sind tief verwickelt in dieser Verschwörung.

## 11

情勢緊急，鐘聲敲響，
唉，我又沖昏了頭！
春天和一雙秀麗眼睛
已密謀對付我的心。

春天和美麗雙眼
又迷醉了我的心！
我相信，玫瑰和夜鶯們
也深深涉入了這陰謀。

## 12

Ach, ich sehne mich nach Tränen,

Liebestränen, schmerzenmild,

Und ich fürchte, dieses Sehnen

Wird am Ende noch erfüllt.


Ach, der Liebe süßes Elend

Und der Liebe bittre Lust

Schleicht sich wieder, himmlisch quälend,

In die kaum genesne Brust.

## 12

唉，我渴望眼淚，
愛的眼淚，帶痛又柔和，
我擔心，這渴望
到頭來會成真。

唉，愛情甜蜜的困窘，
愛情苦澀的喜樂，
又含著天堂般的折磨
溜進我才復癒的心。

## 13

Die blauen Frühlingsaugen

Schaun aus dem Gras hervor;

Das sind die lieben Veilchen,

Die ich zum Strauß erkor.


Ich pflücke sie und denke,

Und die Gedanken all,

Die mir im Herzen seufzen,

Singt laut die Nachtigall.


Ja, was ich denke, singt sie

Lautschmetternd, daß es schallt;

Mein zärtliches Geheimnis

Weiß schon der ganze Wald.

## 13

春天的藍色眼睛
從草裡向外探望；
那是我選作花束的
可愛的紫羅蘭。

我摘下它們，思想著，
但那些在我心中
歎息的諸多思緒
都被夜鶯唱出來了。

是的，我想的，都被
大聲高唱，響開來，
我溫柔的秘密
整個森林都知道了。

## 14

Wenn du mir vorüberwandelst,

Und dein Kleid berührt mich nur,

Jubelt dir mein Herz, und stürmisch

Folgt es deiner schönen Spur.


Dann drehst du dich um, und schaust mich

Mit den großen Augen an,

Und mein Herz ist so erschrocken,

Daß es kaum dir folgen kann.

## 14

當你漫步走過我身邊，
你衣服拂掠到我，
我的心就對你歡呼，
它狂熱跟隨你的美麗足跡。

你忽而轉身，用大眼睛
注視著我，
我的心猛吃一驚，
它幾乎無法跟隨你了。

**15**

Die schlanke Wasserlilje

Schaut träumend empor aus dem See;

Da grüßt der Mond herunter

Mit lichtem Liebesweh.


Verschämt senkt sie das Köpfchen

Wieder hinab zu den Welln -

Da sieht sie zu ihren Füßen

Den armen blassen Geselln.

**15**

細長的夢中睡蓮
從湖中往上張望；
這時月亮向下致意
以光亮的愛之哀怨。

花含羞地垂下小頭，
再望向水波──
它看到腳前
那可憐蒼白的少年。

## 16

Wenn du gute Augen hast,

Und du schaust in meine Lieder,

Siehst du eine junge Schöne

Drinnen wandeln auf und nieder.


Wenn du gute Ohren hast,

Kannst du gar die Stimme hören,

Und ihr Seufzen, Lachen, Singen

Wird dein armes Herz betören.


Denn sie wird, mit Blick und Wort,

Wie mich selber dich verwirren;

Ein verliebter Frühlingsträumer,

Wirst du durch die Wälder irren.

**16**

如你有雙好眼睛，
來探望我的詩歌，
你會看見一位美少女
在裡面來回漫步。

如你有雙好耳朵，
又能聽見詩中聲音，
它的嘆息，歡笑，歌唱
將會迷醉你可憐的心。

聲音帶著目光和話語
會迷惑你，和我自己一樣；
痴戀的春夢中人，
你會亂步百林中。

## 17

Was treibt dich umher, in der Frühlingsnacht?

Du hast die Blumen toll gemacht,

Die Veilchen, sie sind erschrocken!

Die Rosen, sie sind vor Scham so rot,

Die Liljen, sie sind so blaß wie der Tod,

Sie klagen und zagen und stocken!


O, lieber Mond, welch frommes Geschlecht

Sind doch die Blumen! Sie haben Recht,

Ich habe Schlimmes verbrochen!

Doch konnt ich wissen, daß sie gelauscht,

Als ich, von glühender Liebe berauscht,

Mit den Sternen droben gesprochen?

## 17

什麼使你在春夜遊蕩？
你把繁花弄瘋了，
紫羅蘭嚇壞了！
玫瑰羞紅了臉，
百合花死神般蒼白，
它們抱怨，畏縮，失聲了！

啊，親愛的月亮，花兒們都是
馴良的族類！你是對的，
我真作了壞事！
但我怎會知道，我熱愛昏頭中
對天上的繁星說話時，
花兒們會偷聽到？

## 18

Mit deinen blauen Augen

Siehst du mich lieblich an,

Da wird mir so träumend zu Sinne,

Daß ich nicht sprechen kann.


An deine blauen Augen

Gedenk ich allerwärts; -

Ein Meer von blauen Gedanken

Ergießt sich über mein Herz.

## 18

你用藍色的雙眼
親愛地看著我，
使我這般如夢似幻，
已無法開口說話。

我一直思念
你的藍色眼睛；——
一片藍色思緒的海洋
傾注到我的心上。

**19**

Wieder ist das Herz bezwungen,
Und der öde Groll verrauchet,
Wieder zärtliche Gefühle
Hat der Mai mir eingehauchet.

Spät und früh durcheil ich wieder
Die besuchtesten Alleen,
Unter jedem Strohhut such ich
Meine Schöne zu erspähen.

Wieder an dem grünen Flusse,
Wieder steh ich an der Brücke -
Ach, vielleicht fährt sie vorüber,
Und mich treffen ihre Blicke.

Im Geräusch des Wasserfalles
Hör ich wieder leises Klagen,
Und mein schönes Herz versteht es,
Was die weißen Wellen sagen.

Wieder in verschlungnen Gängen
Hab ich träumend mich verloren,
Und die Vögel in den Büschen
Spotten des verliebten Toren.

## 19

我的心又被征服，
那荒蕪的氣惱消散，
五月又為我吹拂來
溫柔的感覺。

早晚時分我又走遍
行人如織的林蔭道，
在每一個草帽下
我一心要窺到我的美人。

在那綠色河岸，
我又站在橋邊——
唉，或許她座車經過，
她的目光會瞄到我。

瀑布的水聲中
我再聽到輕聲怨嘆，
而我的美麗心懂得
那白色水波的話語。

在蜿蜒的亭廊
我又如夢中迷失自己，
樹叢間的鳥群
訕笑這癡戀的傻子。

## 20

Die Rose duftet - doch ob sie empfindet

Das, was sie duftet, ob die Nachtigall

Selbst fühlt, was sich durch unsre Seele windet

Bei ihres Liedes süßem Widerhall; -


Ich weiß es nicht. Doch macht uns gar verdrießlich

Die Wahrheit oft! Und Ros und Nachtigall,

Erlögen sie auch das Gefühl, ersprießlich

Wär solche Lüge, wie in manchem Fall – .

## 20

玫瑰吐芬芳，但它是否感覺到
它散放的香氣，夜鶯自己
是否體會到，它歌聲迴旋中
什麼在我們心靈中迴響；——

這我不知道。但真相
倒常使人不快！玫瑰和夜鶯
即使也佯裝有感情，那種謊言
如某些情況，也是有益處的——。

## 21

Weil ich dich liebe, muß ich fliehend

Dein Antlitz meiden - zürne nicht.

Wie paßt dein Antlitz, schön und blühend,

Zu meinem traurigen Gesicht!


Weil ich dich liebe, wird so bläßlich,

So elend mager mein Gesicht -

Du fändest mich am Ende häßlich -

Ich will dich meiden - zürne nicht.

**21**

因我愛你，我須避開
你的面容——別生氣。
你的容貌，美得輝燦，
和我的愁容多搭配！

因我愛你，我的臉
變得如此蒼白，如此消瘦
最終你會覺得我醜——
我要避開你——別生氣。

## 22

Ich wandle unter Blumen

Und blühe selber mit;

Ich wandle wie im Traume,

Und schwanke bei jedem Schritt.


O, halt mich fest, Geliebte!

Vor Liebestrunkenheit

Fall ich dir sonst zu Füßen,

Und der Garten ist voller Leut.

## 22

我在花間漫步
自己也開了花。
我像在夢遊，
步步蹣跚。

抓緊我啊，愛人，
免得我太沉醉了。
不然我向妳跪倒下來，
花園裡人很多呢。

## 23

Wie des Mondes Abbild zittert

In den wilden Meereswogen,

Und er selber still und sicher

Wandelt an dem Himmelsbogen:

Also wandelst du, Geliebte,

Still und sicher, und es zittert

Nur dein Abbild mir im Herzen,

Weil mein eignes Herz erschüttert.

## 23

月亮的影像在
汪洋猛浪中顫動，
而它自己卻靜靜平穩地
在蒼穹中慢移。

愛人，你也如此
靜靜平穩地移步，
只是你的影像在我心中顫動
因我的心已受搖撼。

## 24

Es haben unsre Herzen

Geschlossen die heilge Allianz;

Sie lagen fest aneinander,

Und sie verstanden sich ganz.


Ach, nur die junge Rose,

Die deine Brust geschmückt,

Die arme Bundesgenossin,

Sie wurde fast zerdrückt.

## 24

我們的心已經
結成了神聖同盟。
它們緊貼在一起，
它們成了知己。

唉，但那點綴你
胸前的小玫瑰花，
那可憐的同盟者，
幾乎被壓碎了。

## 25

Sag mir, wer einst die Uhren erfund,

Die Zeitabteilung, Minute und Stund?

Das war ein frierend trauriger Mann.

Er saß in der Winternacht und sann,

Und zählte der Mäuschen heimliches Quicken

Und des Holzwurms ebenmäßiges Picken.


Sag mir, wer einst das Küssen erfund?

Das war ein glühend glücklicher Mund;

Er küßte und dachte nichts dabei.

Es war im schönen Monat Mai,

Die Blumen sind aus der Erde gesprungen,

Die Sonne lachte, die Vögel sungen.

**25**

告訴我，是誰發明了鐘錶，
時間的段落，分秒和小時？
那是一位寒冷中憂傷的男子。
他在冬夜枯坐沉思，
數著老鼠們竊竊吱叫聲
和木頭蛀蟲均勻的啄蛀聲。

告訴我，是誰發明了親吻？
那是炙熱喜樂的嘴；
它吻著，不想什麼。
那是在美妙的五月，
繁花從土裡綻放出來，
太陽歡笑，群鳥歌唱。

## 26

Wie die Nelken duftig atmen!

Wie die Sterne, ein Gewimmel

Goldner Bienen, ängstlich schimmern

An dem veilchenblauen Himmel!


Aus dem Dunkel der Kastanien

Glänzt das Landhaus, weiß und lüstern,

Und ich hör die Glastür klirren

Und die liebe Stimme flüstern.


Holdes Zittern, süßes Beben,

Furchtsam zärtliches Umschlingen -

Und die jungen Rosen lauschen,

Und die Nachtigallen singen.

## 26

石竹花多麼地吐露芬芳！
繁星像金色蜜蜂群
如何怯怯地
在紫羅蘭色天空閃爍！

栗果樹群的幽暗間
鄉村白屋在喜樂放光，
我聽見玻璃門叮噹響
還有那可愛的人聲細語。

溫婉的輕顫，甜蜜的振動，
柔和無比的擁抱──
青春的玫瑰花傾聽，
夜鶯們歡唱。

## 27

Hab ich nicht dieselben Träume

Schon geträumt von diesem Glücke?

Warens nicht dieselben Bäume,

Blumen, Küsse, Liebesblicke?


Schien der Mond nicht durch die Blätter

Unsrer Laube hier am Bache?

Hielten nicht die Marmorgatter

Vor dem Eingang stille Wache?


Ach! ich weiß, wie sich verändern

Diese allzuholden Träume,

Wie mit kalten Schneegewändern

Sich umhüllen Herz und Bäume;


Wie wir selber dann erkühlen

Und uns fliehen und vergessen,

Wir, die jetzt so zärtlich fühlen,

Herz an Herz so zärtlich pressen.

## 27

我不是已作過同樣的夢，
夢見同樣的幸福？
不是有同樣的眾樹，
繁花，親吻，頻頻秋波？

那時月亮不也從這兒
溪邊涼亭樹葉間照過來？
不也有大理石神像
在大門口靜立守護？

唉！我知道，這些
太柔美的夢恁般多變，
心和眾樹恁般
披上了冷雪衣裳；

我們自己又將恁般冷卻，
彼此逃離和遺忘。
而現在感覺如此親愛的我們
是如此心貼心緊緊相擁。

## 28

Küsse, die man stiehlt im Dunkeln

Und im Dunkeln wiedergibt,

Solche Küsse, wie beselgen

Sie die Seele, wenn sie liebt!

Ahnend und erinnrungsüchtig

Denkt die Seele sich dabei

Manches von vergangnen Tagen,

Und von Zukunft mancherlei.

Doch das gar zu viele Denken

Ist bedenklich, wenn man küßt; -

Weine lieber, liebe Seele,

Weil das Weinen leichter ist.

**28**

在黑暗中偷到的吻，
還有黑暗中的回吻，
這般的吻，多麼地
給戀愛中的心靈歡愉！

此刻預感和回味交融，
心靈想像著
往日的些許
和未來的諸般。

但人在親吻時
想太多，可令人憂心──
不如啜泣吧，可愛的心靈，
這時啜泣比較輕易。

**29**

Es war ein alter König,

Sein Herz war schwer, sein Haupt war grau;

Der arme alte König,

Er nahm eine junge Frau.


Es war ein schöner Page,

Blond war sein Haupt, leicht war sein Sinn;

Er trug die seidne Schleppe

Der jungen Königin.


Kennst du das alte Liedchen?

Es klingt so süß, es klingt so trüb!

Sie mußten beide sterben,

Sie hatten sich viel zu lieb.

## 29

以前有位老國王，
他的心沉重，頭已灰白；
這可憐的老國王，
他娶了個年輕妻子。

他們有位少年侍童，
頭髮金黃，意氣輕飄；
他隨持年輕王后的
絲質的拖裙後襟。

你知道這古老的小曲嗎？
它聽來如此甜蜜，這般哀傷！
他們兩人都得去死，
他們太相愛了。

**30**

In meiner Erinnrung erblühen

Die Bilder, die längst verwittert -

Was ist in deiner Stimme,

Das mich so tief erschüttert?


Sag nicht, daß du mich liebst!

Ich weiß, das Schönste auf Erden,

Der Frühling und die Liebe,

Es muß zuschanden werden.


Sag nicht, daß du mich liebst!

Und küsse nur und schweige,

Und lächle, wenn ich dir morgen

Die welken Rosen zeige.

## 30

早已剝蝕的圖像
又在我記憶中綻放——
你聲音中的什麼
給我如此深度的搖撼？

不要說你愛我！
我知道，人間最美好的，
春天和愛情，
都得化為烏有。

不要說你愛我！
只管吻，不要說話，
而當我明朝讓你看
枯萎的玫瑰，你要微笑。

**31**

Mondscheintrunkne Lindenblüten,
Sie ergießen ihre Düfte,
Und von Nachtigallenliedern
Sind erfüllet Laub und Lüfte.

Lieblich läßt es sich, Geliebter,
Unter dieser Linde sitzen,
Wenn die goldnen Mondeslichter
Durch des Baumes Blätter blitzen.

Sieh dies Lindenblatt! du wirst es
Wie ein Herz gestaltet finden;
Darum sitzen die Verliebten
Auch am liebsten unter Linden.

Doch du lächelst; wie verloren
In entfernten Sehnsuchtträumen -
Sprich, Geliebter, welche Wünsche
Dir im lieben Herzen keimen?

Ach, ich will es dir, Geliebte,
Gern bekennen, ach, ich möchte,
Daß ein kalter Nordwind plötzlich
Weißes Schneegestöber brächte;

## 31

沉醉於月光的菩提樹花
傾吐它們的芳香，
樹葉和大氣
充滿著夜鶯之歌。

愛人，這菩提樹下
小坐，挺愉人的，
當金色的月光
從樹間閃耀下來。

看這片菩提樹葉！你會
發現它的人心造形；
因此戀愛中人最愛
坐在菩提樹下。

而你微笑著，如在
遙遠的渴望之夢中恍惚──
告訴我，愛人，什麼願望
在你親愛的心中萌芽？

唉，愛人，我願向你
告白，唉，我希望，
一陣寒冷北風突然
吹來白色大雪。

Und daß wir, mit Pelz bedecket

Und im buntgeschmückten Schlitten,

Schellenklingelnd, peitschenknallend,

Über Fluß und Fluren glitten.

讓我們能蓋著毛皮，
在色彩繽紛的雪車上
鈴聲叮噹，皮鞭抽響，
滑行河上和田野。

## 32

Durch den Wald, im Mondenscheine,

Sah ich jüngst die Elfen reuten;

Ihre Hörner hört ich klingen,

Ihre Glöckchen hört ich läuten.


Ihre weißen Rößlein trugen

Güldnes Hirschgeweih und flogen

Rasch dahin, wie wilde Schwäne

Kam es durch die Luft gezogen.


Lächelnd nickte mir die Köngin,

Lächelnd, im Vorüberreuten.

Galt das meiner neuen Liebe,

Oder soll es Tod bedeuten?

## 32

前些時，我看見月光中
精靈們騎馬過森林；
我聽見她們的號角，
聽到她們的鈴鐺聲。

她們的小白馬
有金色鹿角，快速
飛掠過去，像野天鵝群
穿過大氣中。

那女王對我點頭微笑，
邊微笑，邊馳騁過去。
那是預示我新的愛情，
或在意味著死亡？

## 33

Morgens send ich dir die Veilchen,

Die ich früh im Wald gefunden,

Und des Abends bring ich Rosen,

Die ich brach in Dämmrungstunden.


Weißt du, was die hübschen Blumen

Dir Verblümtes sagen möchten?

Treu sein sollst du mir am Tage

Und mich lieben in den Nächten.

**33**

清晨我送給你
林中找來的紫羅蘭。
夜晚我帶給你
黃昏時摘來的玫瑰。

你知道，這些鮮花
要告訴你啥婉約花語？
白天你要對我忠貞，
夜裡你要好好愛我。

## 34

Der Brief, den du geschrieben,
Er macht mich gar nicht bang;
Du willst mich nicht mehr lieben,
Aber dein Brief ist lang.

Zwölf Seiten, eng und zierlich!
Ein kleines Manuskript!
Man schreibt nicht so ausführlich,
Wenn man den Abschied gibt.

## 34

你寫的那封信，
它不會令我憂愁；
你說不再愛我了，
但你的信可長得很。

十二頁，密密麻麻的細字，
可是個小文稿了！
人要分手的話，
不會寫得這麼詳細。

**35**

Sorge nie, daß ich verrate

Meine Liebe vor der Welt,

Wenn mein Mund ob deiner Schönheit

Von Metaphern überquellt.


Unter einem Wald von Blumen

Liegt, in still verborgner Hut,

Jenes glühende Geheimnis,

Jene tief geheime Glut.


Sprühn einmal verdächtge Funken

Aus den Rosen - sorge nie!

Diese Welt glaubt nicht an Flammen,

Und sie nimmts für Poesie.

## 35

當我的口舌因你的美
而滿溢隱喻詞彙，
絕不要擔心我會
向全世界透露我的愛。

那火熱的秘密，
那隱秘的熱火，
被靜靜隱藏守護
在大片花海之下。

若有個可疑的火花
冒出玫瑰叢——不用擔心，
世界不相信火燄，
只把那當作是詩情。

## 36

Wie die Tage macht der Frühling
Auch die Nächte mir erklingen;
Als ein grünes Echo kann er
Bis in meine Träume dringen.

Nur noch märchensüßer flöten
Dann die Vögel, durch die Lüfte
Weht es sanfter, sehnsuchtwilder
Steigen auf die Veilchendüfte.

Auch die Rosen blühen röter,
Eine kindlich güldne Glorie
Tragen sie, wie Engelköpfchen
Auf Gemälden der Historie -

Und mir selbst ist dann, als würd ich
Eine Nachtigall und sänge
Diesen Rosen meine Liebe,
Träumend sing ich Wunderklänge -

Bis mich weckt das Licht der Sonne,
Oder auch das holde Lärmen
Jener andren Nachtigallen,
Die vor meinem Fenster schwärmen.

## 36

春天使得白日和夜晚
一樣對我響起樂音；
它也成了綠色的回響，
會深入到我夢境中。

只有鳥兒們吹奏著更童話般
甜美的音樂，更柔和地
飄佈大氣中，紫羅蘭花香
更熱切渴望地昇揚開來。

玫瑰花也開得更紅，
戴著童稚般的金黃光彩，
如歷史圖畫上
小天使頭上的光圈。

而我自己也覺得似乎
變成了一隻夜鶯，對著
玫瑰花叢獻唱的愛，
夢幻中唱著奇妙歌聲——

直到陽光喚醒了我，
或者也是那些另類夜鶯
在我窗前蜂擁，
妙聲吱喳的吵雜。

## 37

Sterne mit den goldnen Füßchen

Wandeln droben bang und sacht,

Daß sie nicht die Erde wecken,

Die da schläft im Schoß der Nacht.


Horchend stehn die stummen Wälder,

Jedes Blatt ein grünes Ohr!

Und der Berg, wie träumend streckt er

Seinen Schattenarm hervor.


Doch was rief dort? In mein Herze

Dringt der Töne Widerhall.

War es der Geliebten Stimme,

Oder nur die Nachtigall?

## 37

長有金色小腳的星辰
在上空怯怯地輕步滑行，
免得吵醒了
黑夜懷裡入睡的地球。

無聲的樹林靜立傾聽，
每片葉子是綠色耳朵！
而山，作夢般伸出
它的陰影手臂。

但什麼在那呼喚？音調
的回響穿入我的心。
那是我愛人的聲音，
或只是那夜鶯？

**38**

Ernst ist der Frühling, seine Träume

Sind traurig, jede Blume schaut

Von Schmerz bewegt, es bebt geheime

Wehmut im Nachtigallenlaut.


O lächle nicht, geliebte Schöne,

So freundlich heiter, lächle nicht!

O, weine lieber, eine Träne

Küß ich so gern dir vom Gesicht.

38

春天嚴肅，它的夢
感傷，每朵花表情
受痛苦牽動，夜鶯鳴聲
有幽秘的悲懷。

呵，別微笑，心愛的美人，
別如此友善開朗地微笑！
呵，不如哭吧，我很願
吻走你臉上的一顆眼淚。

**39**

Schon wieder bin ich fortgerissen

Vom Herzen, das ich innig liebe,

Schon wieder bin ich fortgerissen -

O wüßtest du, wie gern ich bliebe.


Der Wagen rollt, es dröhnt die Brücke,

Der Fluß darunter fließt so trübe;

Ich scheide wieder von dem Glücke,

Vom Herzen, das ich innig liebe.


Am Himmel jagen hin die Sterne,

Als flöhen sie vor meinem Schmerze -

Leb wohl, Geliebte! In der Ferne,

Wo ich auch bin, blüht dir mein Herze.

## 39

我又被拔離

我深愛的那顆心。

我又被拔離走了，

呵，願你知道，我多希望留駐。

馬車滾動，橋轟隆作響，

下方河流鬱鬱流去；

我又告別了那幸福，

我深愛的那顆心。

天上繁星飛馳而去，

好似在逃離我的苦痛——

珍重再見，愛人，在遠方，

任何地方，我的心都向你開花。

**40**

Die holden Wünsche blühen,

Und welken wieder ab,

Und blühen und welken wieder -

So geht es bis ans Grab.


Das weiß ich, und das vertrübet

Mir alle Lieb und Lust;

Mein Herz ist so klug und witzig,

Und verblutet in meiner Brust.

**40**

美好的心願開花
又日漸凋萎而去，
又開花，再凋萎──
如此這般，直到入墓。

這點我知道，而這也晦暗了
我所有的喜愛和歡樂；
我的心原是如此精明諧趣，
卻又在胸中淌血。

**41**

Wie ein Greisenantlitz droben

Ist der Himmel anzuschauen,

Roteinäugig und umwoben

Von dem Wolkenhaar, dem grauen.


Blickt er auf die Erde nieder,

Müssen welken Blum und Blüte,

Müssen welken Lieb und Lieder

In dem menschlichen Gemüte.

**41**

上方的天空看來
像個白髮老顏，
獨眼通紅，被灰色的
髮狀雲環繞。

但如它向下注視，
眾花芳華必然枯萎，
愛和詩歌也必在
人們心境枯萎。

**42**

Verdroßnen Sinn im kalten Herzen hegend,

Reis ich verdrießlich durch die kalte Welt,

Zu Ende geht der Herbst, ein Nebel hält

Feuchteingehüllt die abgestorbne Gegend.


Die Winde pfeifen, hin und her bewegend

Das rote Laub, das von den Bäumen fällt,

Es seufzt der Wald, es dampft das kahle Feld,

Nun kommt das Schlimmste noch, es regent.

## 42

冰冷的心中懷抱著懊惱意念，
我悶悶不樂地遊走冷冽的世界，
秋天終了，霧霾以溼氣
將此枯死的所在圍繞。

風呼嘯四方，來回吹動
樹上掉落的紅葉，
樹林嘆息，空曠田野冒氣，
而最糟的也來到，下雨了。

**43**

Spätherbstnebel, kalte Träume,

Überfloren Berg und Tal,

Sturm entblättert schon die Bäume,

Und sie schaun gespenstisch kahl.


Nur ein einzger, traurig schweigsam

Einzger Baum steht unentlaubt,

Feucht von Wehmutstränen gleichsam,

Schüttelt er sein grünes Haupt.


Ach, mein Herz gleicht dieser Wildnis,

Und der Baum, den ich dort schau

Sommergrün, das ist dein Bildnis,

Vielgeliebte, schöne Frau!

**43**

晚秋的霧霾，冷冽的夢，
籠罩山林河谷，
風暴剝去了樹葉，
樹木鬼魅似的光禿。

只剩一棵，默默哀愁，
立著未落葉的一棵樹
像是被憂傷淚水濕潤，
它搖著綠葉的頭。

唉，我的心像這片荒野，
而我看到那邊的
夏日綠樹是你的影像，
我深愛的人，美麗女士！

**44**

Himmel grau und wochentäglich!
Auch die Stadt ist noch dieselbe!
Und noch immer blöd und kläglich
Spiegelt sie sich in der Elbe.

Lange Nasen, noch langweilig
Werden sie wie sonst geschneuzet,
Und das duckt sich noch scheinheilig,
Oder bläht sich, stolz gespreizet.

Schöner Süden! wie verehr ich
Deinen Himmel, deine Götter,
Seit ich diesen Menschenkehricht
Wiederseh, und dieses Wetter!

## 44

天空灰濛，整週如是！
這城市也仍一成不變！
它還是傻愣愣，庸拙地
倒映在易北河水中。

人們還是沒趣地
如往常擤著長長鼻子。
這景象或裝作無辜狀，
或大剌剌地神氣張揚。

美麗的南方！我多思慕
你的天空，你的眾神！
自從我再見到這些人渣，
還有這裡的天氣！

# 注釋

序詩 Prolog

　　序詩是 1830 末為作曲家 Methfessel 所作的詩之一，初刊於 1831 年 2 月的《學養階層晨刊》（Morgenblatt für gebildete Stände）。本詩可以顯示海涅作品的中心主題，就是詩人個人歡樂和英雄作為，藝術原則和時代使命之間的對比和如何並存的微妙課題。（DHA 2,343 / 44）

　　第一節　Amoretten 是希臘神話中的小愛神，能戲弄人類和眾神。

　　第三節　海涅藝術觀是「全然的自由權」，藝術除了個人歡樂外也可以，甚至也應創作社會性、政治的素材。但海涅常用自嘲反諷的方式，表示花草雲彩和溫柔鄉比較合他的詩情。

1　　寫作於 1830 年末，如序詩。

　　第一首殘冬過去，新春降臨。在 1827 年的《詩歌集》（Buch der Lieder）的《返鄉》系列（Heimkehr）已

有相同的主題和用詞：第 43 首有「新的詩歌春天」

（neuer Liederfrühling），第 46 首有「新的春天」

（neuer Frühling）。

2　寫作於 1830 年末，如序詩。

3　1828 年春季寫作於慕尼黑，可能與對一位貴族少女的
　　愛慕有關。（DHA 2, S.346）

　　Philomele 源自希臘文，為夜鶯（Nachtigall）的詩文用
　　語。

4　寫作於 1828 年 5 月。詩最後兩行使用交錯並列語法
　　（Chiasmus），本詩集使用多次此技法。

5　寫作於 1822 年。

6　約寫作於 1830 年底，1831 年初。詩第二節最後兩行似
　　乎和民歌〈致信使〉（"An einen Boten". Des Knaben
　　Wunderhorn 第一部）有關。該歌詞相應的歌詞是「當
　　你去我愛人那兒 / 告訴她，我問候她」（Wenn du zu
　　meinem Schätzel kommst, / Sag, ich ließ sie grüßen）。

7　約寫作於 1831 年春。

　　〈蝴蝶愛上玫瑰〉是愛情觀的新境界。海涅大學時代
　　開始接觸聖西蒙派的早期社會主義和泛神論思想，認
　　同神性在萬物中，皆可愛。（Briegleb 3,394）這首詩

是海涅少數無陰影、無反向的詩作之一。

第三節後三行「我愛你們大家：／玫瑰，蝴蝶，陽光，／晚星（金星）和夜鶯。」和《詩歌集》（Buch der Lieder 1827）的《返鄉》系列第 46 首最後兩行相應和：「我的心，你所喜歡的一切，／一切你都可以愛！」（Mein Herz, was dir gefällt, / Alles, alles darfst du lieben!）

8　寫作於 1830 年底。

9　寫作於 1830 年底。

第一行「太初有夜鶯」（Im Anfang war die Nachtigall）是《新約》〈約翰福音〉「太初有言」（Im Anfang war das Wort）的反諷式的創新引用（Parodie）。（DHA 2,354）

10　寫作於 1828 年春，如第 3 首。

百合（Lilije）在此作為純潔無邪的象徵，在此系列第 15 首也出現。

11　寫作於 1828 年春，如第 3 首。

海涅在此詩再使用自然及景物（春，玫瑰和夜鶯）作為詩的「我」愛意興起的手法。

12　約寫作於 1831 初。第一行 Ich sehne mich nach Tränen

也出現在《群芳譜》（Verschiedene）中〈坦豪瑟〉（"Tannhäuser"）一詩中。

第二節第一行第二行「愛的甜蜜」也是使用交錯並列語法，並藉此表達愛情中人奇異的矛盾心情。（DHA 2,357）

13　寫作於 1830 年底，如序詩。

夜鶯可能說出情人的愛情秘密，在中古德語詩人瓦爾特 Walther von der Vogelweide 的〈菩提樹下〉（"Under der Linden"）已出現過。

14　寫作於 1830 年底，如序詩。

第二節表達愛的驚和喜交加，難以分辨的情況。

15　寫作於 1830 年底，如序詩。月亮（der Mond）在德文是陽性名詞，所以詩末尾寫「少年」（小伙子，Geselle）。此詩與《詩歌集》中《抒情間奏曲》系列（Lyrisches Intermezzo）第 10 首格律和押韻方式相同，表現花與月亮的關係。此詩中，月亮為主動者；《抒情間奏曲》第 10 首中，則是蓮花仰望渴慕月亮。

16　寫作於 1830 年底，如序詩。

此詩表現詩的力量：詩人的語言塑造女性的美麗形象和美麗聲音，可對詩人和讀者發出迷人魅力。

17 寫作於 1830 年底，如序詩。

　　此詩進一步表現詩的力量：詩語也能觸動各種花朵。

18 寫作於 1830 年底，如序詩。

　　此詩中用了三次「藍色」（blau）。

　　「藍色」一般代表浪漫派的顏色，如諾瓦里斯
（Novalis）的 Heinrich von Ofterdingen 第一部第六章
中的「藍花」（blaue Blume）。

19 寫作於 1828 年春慕尼黑，如第 3 首。

　　此詩表現人會因春天景物而生情，但最後兩行表達詩
人在生情中也能清醒自覺。自然界中的鳥類對他的生
情冷漠，甚至可能嘲弄。

20 寫作於 1830 年底，如序詩。

　　第二節中，有愛情象徵的玫瑰和夜鶯其實也可能偽裝
感情。這主題後來的《時代詩》系列（Zeitgedichte）
第 8 首也出現：「我覺得，植物和動物／它們現在也
像人人一樣說謊。」（Mich dünkt, die Pflanzen und die
Tiere, / Sie lügen jetzt wie jederman.）

21 寫作於 1830 年底，如序詩。

22 寫作於 1830 年底，如序詩。

　　自然界的榮景引發愛情，也是「自然現象」，這主題

在《詩歌集》中常出現，如〈在美妙的五月〉（ "Im Wunderschönen Monat Mai"）。

23　寫作於 1830 年底，如序詩。

24　寫作於 1828 年春。

此詩與海涅新的愛慕對象 Clothilde Gräfin Bothmer（1809-1882）有關（DHA 2,367）。Heilige Allianz（神聖同盟）影射普魯士，奧地利和俄羅斯在 1805 年組成的同盟。這三國同盟的利益三角關係中，如兩方較親，或一方較弱，則結局難以「神聖」。這首詩是海涅用豔情（Erotik）來嘲諷政治的最早詩作之一；反過來說，是用政治現象來幽默愛情，兩個主題溶合極巧妙的作品。這種作品是德國浪漫派和稍後的政治詩人排斥的。

25　寫作於 1830 年底，如序詩。

Quicken 為北萊因區方言，需與 Picken 押雙韻，標準德語應為 Quieken。（DHA 2,368）

26　寫作於 1830 年底，如序詩。

「鄉間之屋」（das Landhaus）指海涅伯父 Salomon Heine 在漢堡附近 Offensen 的住所。（DHA 2. S.269）

27　可能完稿於 1830 年底，如序詩。

第三節三、四行與本系列第一首詩有相似之處。

28　寫作於 1830 年底，如序詩。

29　寫作於 1830 年底，如序詩。

主題與詩句上可能部份借自阿爾寧（Achim von Arnim 1781-1831）和布連塔諾（Clemens Brentano 1778-1842）蒐集的民歌詩詞集《少男的魔號》（Des Knaben Wunderhorn 1805-1808）中的〈王家孩子〉（"Edelkönigs-Kinder"）。

30　寫作於 1830 年底，如序詩。

此詩表達塵世間美好事物的易逝，因此要及時行愛，不需多言。

31　寫作於 1830 年底，如序詩。第三節再引用瓦爾特（Walther von der Vogelweide）"Under der Linden"一詩情人在菩提樹下相會的詩景。第五節「白色大雪」不同於本系列第一首。它是真實的，而且提供快樂的機會。

32　1830 春為作曲家 Methfessel 所作。

月光中森林裡的景象，可能是夢中，生理心理的邊際狀態（Grenzsituation）中見到的。美而不真實的誘惑，相對的是死亡的危機。海涅的《詩歌集》已有數首類

似的詩作如〈羅雷萊〉，〈夢與人生〉（ "Traum und
Leben" ），另外哥德的〈魔王〉（ "Erlkönig" ），
愛欣朵夫（Josef von Eichendorff 1788-1857）的〈林中
對話〉（ "Waldgespräch" ）也有相似的境界。海涅在
這首詩表現了「理性的距離」，對可能的誘惑作雙向
性的質疑。

33　寫作於 1830 年底，如序詩。

34　寫作於 1830 年底，如序詩。

35　寫作於 1830 年底，如序詩。有關詩語言的秘密，愛的
　　秘密，可比較本系列第 13 首、第 17 首。

36　約寫作於 1831 年 5 月。另類夜鶯指小姐女士們。

37　寫作於 1830 年底，如序詩。此詩表現夜間自然界的安
　　靜以及詩人心中的聲音迴響不止，形成對比。不管聲
　　音源自愛人或夜鶯的聲音，都與愛有關。

38　寫作於 1830 年底，如序詩。

39　寫作於 1830 年底，如序詩。
　　可能是準備向愛人及德國告別的作品。

40　可能寫於 1831 年初，如第 7 首。
　　春與秋，花開與花謝的主題可比較第 30 首和 35 首。

41　可能寫作於 1831 上半年，如第 7 首。

第二節表達紅眼盛怒的天帝對地球可能的惡質施威。

《詩歌集》的《北海》（Nordsee）系列中〈希臘眾神〉（"Die Götter Griechenlands"）有相似的表達。（DHA 1,413-15）

42　寫作於 1827 年 11 月。

regent 北萊因區方言，regnet 下雨。（DHA 2,383）寒冷又下雨的深秋旅行顯示《新春集》由春到秋的走向。

43　寫作於 1827 年底。

44　寫作於 1830 年。

海涅於 1829 年 1 月自義大利之旅回漢堡後，因漢堡冬天天氣不佳，加上 1820 年代初在漢堡工作時之不快回憶，和義大利美好天氣相比之下，產生對漢堡冬景和漢堡人的惡評。（DHA 2,385）

# 各詩刊出之刊物及時間

詩 5 1822 年 6 月《友伴・精神及心靈文刊》（Gesellschafter oder Blätter für Geist und Herz）

詩 3, 4, 10, 11, 12, 14, 19, 24
《1829 女士口袋書》斯圖佳市（Taschenbuch für Damen auf das Jahr 1829. Stuttgart）

序詩，詩 1, 2, 7, 8, 13, 15, 21, 23, 26, 27, 28, 30, 31, 32, 35, 37, 38, 39, 40, 41, 42, 44
1831 年 2 月 26 日《學養階層晨刊》（Morgenblatt für gebildete Stände）

詩 6, 9, 16, 17, 20, 22, 25, 29, 33, 34, 36, 43
1831 年《海涅・旅遊形象第二部》（Heine, Reisebilder II）

# 海涅年表

1797     12 月 13 日出生於德國杜塞多夫市（Düsseldorf）的 Bolkerstraße 53 號。父母是猶太人，父親是布商。

1803-15     小學、中學教育

1816-19     先在漢堡銀行家伯父沙洛蒙海涅（Salomon Heine）企業當學徒，後經營父親在漢堡布商分店。在漢堡時對其堂妹 Amalie 產生慕情

1817     發表第一首詩。

1819     回到杜塞多夫，秋天入波昂大學，專修法律。

1820     年底轉學哥廷根大學（Göttingen）。

1821　因比劍決鬥事件，被退學，轉到柏林大學。在此
　　　結識諸多學界及文化要角，也參與《友伴》雜誌
　　　（Gesellschafter）工作。

1822　開始頻繁在刊物發表詩作和散文作品。

1824　年初回哥廷根大學，繼續學業。9 月起在哈爾次
　　　（Harz）山區徒步旅行。10 月初拜訪哥德。

1825　6 月改皈依基督新教。7 月獲法學博士學位。

1826　1 月結識漢堡出版商 Julius Campe，開始一生的出
　　　版合作。5 月《旅遊形象》（Reisebilder）第一部
　　　在其 Hoffmann und Campe 出版社出版。

1827　4 月《旅遊形象》第二部出版。出遊英國。10 月
　　　第一部大詩集《詩歌集》（Buch der Lieder）出
　　　版。11 月任（Neue allgemeine politische Annalen）
　　　的編輯。

1828　尋求在慕尼黑大學的教職不成。義大利之旅。

1829　年底出版《旅遊形象》第三部。

1830　7月、8月間在北海黑格蘭島（Helgoland）渡假時，獲知法國七月革命的消息。

1831　5月到達巴黎。與諸多文人和藝術家交往。年底任出版商 Cotta 的《奧格斯堡大眾報》（Augsburger Allgemeine Zeitung）的通訊員。

1832　年底《法國現狀》（Französische Zustände）出版。法文版於 1833 年在巴黎出版。

1833　4月《德國新近文學史》（Zur Geschichte der neueren schönen Literatur in Deutschland）第一部出版，法文版在巴黎出版。12月散文集《沙龍》（Salon）第一部出版。

1834-35　《沙龍》第二部，《德國宗教和哲學的歷史》

（Zur Geschichte der Religion und Philosophie in Deutschland），《浪漫派》（Die romantische Schule）出版。

1837　《沙龍》第三部出版。

1838　評論集《莎士比亞的少女和女士們》（Shakespeares Mädchen und Frauen）出版。

1840　「沙龍」第四部出版。

1841　8 月與法國女子 Mathilde 結婚。

1843　10 月底回德國，停留到 12 月初，主要目的地是漢堡，來回途中在各地短暫停留。12 月中在巴黎結識馬克思。

1844　9 月底《新詩集》（Neue Gedichte）出版，包含《新春集》，《群芳譜》（Verschiedene）、《故事詩集》（Romanzen）和《時代詩集》

（Zeitgedichte），11 月初第二版。

10 月初敘事詩集《德國‧一個冬天的童話》
（Deutschland. Ein Wintermärchen）出版。此兩部
作品在德意志諸多小國被查禁。

1847　1 月敘事詩集《阿塔特羅‧一個夏夜之夢》（Atta
　　　Troll. Ein Sommernachtstraum）出版。

1848　年中開始臥病在床。

1851　10 月故事詩集《羅曼采羅》（Romanzero），及
　　　舞蹈詩劇《浮士德博士》（Doktor Faustus）出
　　　版，11 月第二版。

1854　《雜文集》（Vermischte Schriften）第一、第二、
　　　第三部出版。

1856　2 月 17 日去世，20 日葬於巴黎蒙馬特墓園。

聯經經典
新春集

2016年8月初版　　　　　　　　　　　　　　　　定價：新臺幣450元
有著作權·翻印必究
Printed in Taiwan.

著　　者　海　　　　涅
譯　注　者　梁　景　峯
總　編　輯　胡　金　倫
總　經　理　羅　國　俊
發　行　人　林　載　爵

科技部經典譯注計畫

出　版　者　聯經出版事業股份有限公司　　叢書編輯　陳　逸　華
地　　　址　台北市基隆路一段180號4樓　　校　　對　朱　瑞　翔
編輯部地址　台北市基隆路一段180號4樓　　封面設計　陳　文　德
叢書主編電話　(02)87876242轉224
台北聯經書房　台北市新生南路三段94號
電　　　話　(02)23620308
台中分公司　台中市北區崇德路一段198號
暨門市電話　(04)22312023
台中電子信箱　e-mail：linking2@ms42.hinet.net
郵政劃撥帳戶第0100559-3號
郵撥電話　(02)23620308
印　刷　者　世和印製企業有限公司
總　經　銷　聯合發行股份有限公司
發　行　所　新北市新店區寶橋路235巷6弄6號2樓
電　　　話　(02)29178022

行政院新聞局出版事業登記證局版臺業字第0130號

本書如有缺頁，破損，倒裝請寄回台北聯經書房更換。　ISBN　978-957-08-4782-6 (精裝)
聯經網址：www.linkingbooks.com.tw
電子信箱：linking@udngroup.com

國家圖書館出版品預行編目資料

新春集/海涅著 . 梁景峯譯注 . 初版 .
臺北市 . 聯經 . 2016年8月（民105年）.
160面 . 14.8×21公分（聯經經典）
譯自：Neuer Frühling

ISBN　978-957-08-4782-6（精裝）

875.51　　　　　　　　　　105013565